向着光明的那方生长

时亮◎著

一名中学党委书记为党育人为国育才的
365 篇微演讲

南海出版公司

2021·海口

图书在版编目（CIP）数据

向着光明的那方生长：一名中学党委书记为党育人
为国育才的365篇微演讲 / 时亮著. -- 海口：南海出版
公司, 2021.12
ISBN 978-7-5442-8027-3

Ⅰ.①向… Ⅱ.①时… Ⅲ.①随笔－作品集－中国－
当代 Ⅳ.①I267.1

中国版本图书馆CIP数据核字(2022)第003998号

XIANG ZHE GUANGMING DE NA FANG SHENGZHANG
——YI MING ZHONGXUE DANGWEI SHUJI WEI DANG YU REN WEI GUO YU CAI DE
365 PIAN WEI YANJIANG

向着光明的那方生长
——一名中学党委书记为党育人为国育才的365篇微演讲

作　者	时　亮
责任编辑	聂　敏
出版发行	南海出版公司　电话：（0898）66568511（出版）
	（0898）65350227（发行）
社　址	海南省海口市海秀中路51号星华大厦5楼　邮编：570206
电子信箱	nhpublishing@163.com
经　销	新华书店
印　刷	山东东方印刷有限公司
开　本	710毫米×1000毫米　1/16
印　张	24.75
字　数	394千
版　次	2021年12月第1版　2022年7月第1次印刷
书　号	ISBN 978-7-5442-8027-3
定　价	59.80元

谨以此书

献给伟大的中国共产党百年华诞

序　一

2008年，因章丘四中青少年党史教育工作突出，中共党史教育办公室主办的"中共中央党校2008年党史学习教育培训班"邀请章丘四中的两名师生参加培训。其中，代表学校参加培训的老师就是他们学校负责青少年党史教育工作的时亮。

十二年前的时亮，正值不惑之年，在培训班里属于年龄大的学员之一。但他中学教育教学工作经验丰富，精神气质上风华正茂、神采飞扬。尤其是，分明能够感受到他那种如饥似渴学习的强烈愿望和精益求精的学习态度。

党史学习教育培训班历时十天，接受中央党校原副校长李君如、时任环境保护部副部长李干杰、外交学院吴建民院长等的培训和指导，我时任中共党史教育办公室主任，负责"优秀青少年中共中央党校党史教育学习班"的组织工作，与时任中央党校党史教研部副主任谢春涛等，是他们班的教学指导组和政治辅导组的老师，也就与学员们有了更多的接触和交流。

时亮是中学教师。中学阶段是人生中的黄金阶段，这个阶段，是人生成长的关键时期，又是人生成长中的叛逆期。如果教育方法不当，引导措施不力，就会造成教育者与被教育者、引导者与被引导者之间的矛盾甚至是强烈对抗，这时的教育往往产生不了积极的效果，反而会适得其反。时亮以自己的职业良知、工作激情和对民族未来、对学生终身发展负责的精神，在进行着不断的探索，找到了并一直实践着对中学生演讲这一有效的教育形式。

早在2009年，他就由南海出版公司出版了他的个人演讲集《梦想引领未来——给中学生的演讲》，唤醒引领激励着百万青少年健康成长，走向未来，成长为社会主义现代化建设的生力军。

党史学习教育培训班结束之后，虽然我的工作更加忙碌，但与时亮和同学们的交流互动却一直进行着，也总能听到时亮和同学们的一些消息。

学习培训之后的时亮，更加勤奋刻苦地工作，先后被评为章丘市劳动模范、章丘市十大优秀青年、济南市十佳灵魂工程师、济南市优秀班主任、山东省师德先进个人等。尤其是在青少年的培养上，他一直高扬着为党育人、为国育才的旗帜，时时处处帮助学生扣好第一粒扣子，引领学生成长为担当民族复兴大任的时代新人。

今天，他拿着《向着光明的那方生长——一名中学党委书记为党育人为国育才的365篇微演讲》请我作序，我特别高兴和骄傲。

作为我的学生，时亮已经成长为一名基层中学一线的党委副书记，对于他们学校的中学生来讲，他的唤醒、引领、激励无疑发挥着重要的作用。

作为我的学生，时亮还是章丘区党的十九届五中全会宣讲团成员，也是山东省社科联"百人百讲庆百年"的党史故事讲述人。从这个意义上，时亮又在更大领域里发挥着他的为党育人为国育才的作用。

我认真审看了时亮的书稿，满满的正能量扑面而来。这本书无论是对于青年学生，还是对于我们每一个人，都会带给读者思索、感悟，并一定会由此而带来行动上的改变：作为学生，脚踏实地为党成人、为国成才；作为教师全力以赴为党育人、为国育才；作为我们每一个人，扎扎实实地做好自己的工作，为实现中华民族伟大复兴的中国梦贡献自己的智慧和全部力量。

让我们每个人都读一读时亮的《向着光明的那方生长——一名中学党委书记为党育人为国育才的365篇微演讲》，让我们每个人都向着光明的那方生长。

是为序。

俞俊生

2021 年 6 月 9 日

【俞俊生简介】

俞俊生，男，安徽省无为市人，中共党员，北京邮电大学教授，博士生导师。现任北京邮电大学和英国伦敦玛丽女王大学联合设立的"电磁场理论与应用"国际开放实验室执行主任，中国教育发展战略学会国际教育专业委员会学术委员会委员，中英空间科学教育与研究合作中方实验室团体专家组副组长兼秘书长。曾任中国关心下一代工作委员会教育发展中心副秘书长；中关工委、中宣部、中央党史和文献研究院、中央党校、教育部、文化和旅游部、共青团中央、国家新闻出版广电总局、全国妇联共十部委联合主办的"关爱成长行动——党史教育计划活动"组委会中共党史教育办公室主任，负责"优秀青少年中共中央党校党史教育学习班"的组织工作，并讲授《从系统科学看政党建设与国家治理》《用波尔斯曼分布解读政党先进性建设》。

序 二

1992 年五四青年节期间，我应邀到济南教育学院做演讲培训。

我在台上抑扬顿挫、激情澎湃地演讲着，台下一双双求知若渴的眼神一直追随着我，而其中有两束眼神清澈而又执着，经过询问老师，我得知那眼神的主人叫时亮，一个挚爱演讲的学生。

时亮从小热爱演讲。读小学一年级时，担任班长，带领同学们读拼音、读生字、读课文，小小年纪的他喜欢那种站在讲台上的感觉。那时的领读，锻炼了他的胆量，增强了他的信心，培养了他的演讲兴趣……

1988 年，时亮师范毕业，走上了他朝思暮想的三尺讲台。从那时起，他一直以一名基层教师的良知与情怀、责任与担当，积极对广大青少年进行"四史"教育，进行理想、信念、奋斗、挫折、合作、感恩、创新等励志演讲一千余场，逐步成长为促进百万青少年心怀梦想，健康成长的好老师，成长为"为党育人，为国育才"的演讲家。

我国演讲界泰斗，时亮的恩师——首都师范大学李燕杰教授在 2009 年给他的《梦想引领未来——给中学生的演讲》一书的序中写道：我个人总是主观地认为，他之所以能够取得这样的成绩，与他始终如一地热爱演讲、坚持演讲有关——因为演讲，他始终充满着对教育、对教师职业、对学生的激情；因为演讲，他北上南下拜访名师，学习着教育的艺术，力争找到解决问题的最佳答案；因为演讲，他总能够不停地鼓舞、激励着每一个学生。

今天，当时亮老师拿着《向着光明的那方生长——一名中学党委书记为党育人为国育才的 365 篇微演讲》，请我作序的时候，我捧读书稿，激赏之情在心中涌动。

书稿是时亮老师从一千八百多篇正能量微演讲，四十多万字的材料中认真梳理、严谨挑选、精心整理出来的。

阅读时亮老师的《向着光明的那方生长——一名中学党委书记为党育人

为国育才的 365 篇微演讲》——篇篇微演讲，天天正能量——它给我们阅读者的精神成长提供一份丰富的营养大餐，全方位地滋养我们阅读者的精神钙质。它会点燃起我们阅读者的生命激情，让精神的旗帜高高飘扬；它会让我们阅读者树立顽强的信念，坚信"天生我材必有用"，坚信"长风破浪会有时，直挂云帆济沧海"；他会引爆我们阅读者的青春活力，坚信无论青春与否，都要拼搏奋斗的道理；他会让我们阅读者直面挫折，愈挫愈奋；他会让我们阅读者要以积极、健康、乐观的心态，去直面工作、学习、生活……这样，我们就一定能向着光明的那方生长，开创自己的美好未来。

今年，恰逢伟大的中国共产党百年华诞。为党育人、为国育才，培养担当民族复兴担任的时代新人，需要演讲家；实现伟大复兴的中国梦，需要演讲家；建设伟大的社会主义现代化国家，需要演讲家。

让我们都来读一读我们身边的演讲家——时亮老师的这本《向着光明的那方生长——一名中学党委书记为党育人为国育才的 365 篇微演讲》，让我们每个人都向着光明的那方生长。

武传涛

2021 年 6 月 12 日

【武传涛简介】

武传涛，男，汉族，1957 年出生于山东省泰安市东平县，中国共产党党员，山东青年政治学院教授。曾任山东青年政治学院文化传播学院院长、党总支书记；现任山东省社科联社会组织党委委员，山东省演讲学会会长、党支部书记。著名语言艺术教育专家，国家级普通话水平测试员。

前　言

我是一名老师，我是一名中学老师。

我是一名自我感觉有一点点教育教学天分的中学老师。

1988 年，我师范毕业——从那时起，我就一直站在中学讲台上，至今已有三十余年。我先是在乡村中学教初中，后又调到城里教高中。我感到欣慰的是，无论教初中还是教高中，我始终坚守"为党育人，为国育才"，总是用我的热忱与激情、努力与执着，尽最大可能地调动同学们的积极性——而这——也就是我自我感觉的那一点点的教育教学天分——我总是能较好地唤醒、引领、激励同学们朝着梦想不断前进——"为党成人，为国成才""成长为担负民族伟大复兴重任的时代新人"。

因此，多年来，我也取得了一点成绩。我所教的课，成了最受同学们欢迎的课；所带的班成了山东省的优秀班集体；我自己也先后被评为"章丘市劳动模范""章丘十大优秀青年""济南市未成年人思想道德建设优秀教育工作者""济南市优秀班主任""山东省师德先进个人""全国优秀青年干部"等。

清晰地记得 1998、1999 年，我连续两年送文科复读班。

复读班的同学都是为了通过复读，提高成绩，考取更好的学校，使自己拥有更美好的前程，高分复读同学更是如此。而未来对于他们究竟如何？有相当一部分同学由于对未来的未知、不可确定，使得他们在学习、生活中感到茫然、无助、焦虑，有时候急躁甚至狂躁……

"非静无以成学"，如何使得他们能够静下心来，心无旁骛地去学习、去锻炼、去阳光健康地微笑着茁壮成长，成了我这个班主任最重要的工作之一。

当时的文科复读班在学校里有一个独立的小院子，院门朝东，一排平房是唯一的建筑——一间小办公室和一间容得下九十多人的大教室。

有一天早上，我在小院东墙边放了一块黑板，黑板上写了这么一段话：

"在所有的日子里，没有微笑的日子无疑是被浪费了的日子，每一个不曾起舞的日子都是对生命的辜负，这些都告诉我们要积极、阳光、快乐，充满正能量地面对生活，面对生命中的每一天。室外阳光明媚，心内阳光灿烂，让我们微笑着起舞吧。"连同这句话一起的是三个漫画小笑脸。

同学们都看到了这黑板，都看到了这笑脸，都读到了黑板上的粉色粉笔写的那段文字。

从那天起，东墙边的小黑板成了同学们的每天必看处、情绪释放地、能量加油站。同学们读着上面的文字，总能够感受到积极阳光、蓬勃向上的正能量。

从此，文科小院里不再焦急、焦虑，慢慢地、慢慢地，小院子里洋溢起了平和、温馨、快乐、幸福。

也许，我们手上的这本《向着光明的那方生长——一名中学党委书记为党育人为国育才365篇微演讲》就源于那个时候、那个小院、那群孩子……

2016年，微信已经运营。一个偶然的原因，我开始通过微信朋友圈，每天发一条正能量。从那时起，到今天，已经是五年多，一千八百多天。

每一条微信，大都是每天的所见所闻、所思所想，五年下来，竟然，有四十多万字了，而所有文字的目标均指向于——唤醒、引领、激励自己和读者朋友向着光明的那方生长。

今天，我从这些材料中，认真梳理、精心选择出三百六十五篇，整理、修改、润色为我们手头上这本《向着光明的那方生长——一名中学党委书记为党育人为国育才的365篇微演讲》。其目标仍然是——今日微演讲，天天正能量，润物无声，浸润生命，唤醒、引领、激励自己和读者们向着光明的那方生长。

在书中每一篇微演讲的最后，特别列了一个"今日思悟"和"今日践行"的段落，旨在引发自己和读者朋友在阅读或收看微演讲之后，有了哪些新的思考、感悟，又有了哪些实际行动的改变。从这个意义上来讲，这本小书，不仅仅是一本天天给予我们正能量，唤醒、引领、激励我们向着光明的那方生长的演讲集，也是一本让我们学思践悟的清醒剂，更是一本我们自己人生的行动记录和行动指南。

　　这样一本小书，值得期待，让我们走近它、走进它，让它每天陪伴着我们，让我们每一个人都永远向着光明的那方生长。

时亮

2021 年 6 月 9 日

目　录

一月　向着光明的那方生长 / 1

二月　遇见更好的自己 / 33

三月　养成受益终身的好习惯 / 62

四月　最美人间四月天 / 94

五月　奋斗是青春最亮丽的底色 / 125

六月　高考是最好的成人礼 / 157

七月　学党史　感党恩　永远跟党走 / 188

八月　唤醒沉睡心底的"英雄梦" / 220

九月　努力做学生生命成长中的贵人 / 252

十月　我拿什么奉献给祖国 / 283

十一月　和谐人际关系铸就共赢人生 / 315

十二月　战胜挫折，成就别样精彩人生 / 346

跋 / 378

后记 / 380

一月

向着光明的那方生长

1月1日

今日正能量微演讲1：

启航崭新一年　扬帆美好未来

挥手告别过去的一年，昂首跨入崭新的一年，让我们启航崭新的一年，扬帆美好未来。

新年新气象新梦想新希望新征程新作为，梦想—目标—计划—行动—调整—坚持，让我们在崭新的一年，用梦想引领未来，用目标规划未来，用计划点亮未来，用行动创造未来，用调整摆正未来，用坚持铸就未来。

让我们每个人都满怀深情、饱含激情而又平和理性地向着崭新的一年呐喊：启航崭新一年，未来我来！

今日思悟　＿＿＿＿＿＿＿＿＿＿＿＿＿＿＿＿＿＿＿＿＿

＿＿＿＿＿＿＿＿＿＿＿＿＿＿＿＿＿＿＿＿＿＿＿＿＿＿＿＿＿＿＿

＿＿＿＿＿＿＿＿＿＿＿＿＿＿＿＿＿＿＿＿＿＿＿＿＿＿＿＿＿＿＿

今日践行　＿＿＿＿＿＿＿＿＿＿＿＿＿＿＿＿＿＿＿＿＿

＿＿＿＿＿＿＿＿＿＿＿＿＿＿＿＿＿＿＿＿＿＿＿＿＿＿＿＿＿＿＿

＿＿＿＿＿＿＿＿＿＿＿＿＿＿＿＿＿＿＿＿＿＿＿＿＿＿＿＿＿＿＿

1月2日

今日正能量微演讲2：

怀揣梦想　踏实前行

　　崭新的一年大步奔向我们，我们毫不费力地哗啦啦进入了崭新的一年。我们虽然是不由自主地进入了崭新的一年，但是我们能够决定进入崭新一年之后我们的态度和行动：让我们不忘初心，珍惜时间，积极乐观，全力奋斗，在崭新的一年扬帆远航。

　　邹韬奋说，自觉心是进步之母，自贱心是堕落之源，故自觉心不可无，自贱心不可有。

　　新的一年，新的一周，新的一天，让我们唤醒自觉心，摒弃自贱心，怀揣梦想，坚定信心，扎实努力，脚踏实地，奋力前行。

今日思悟 _____

_____

_____

今日践行 _____

_____

_____

_____

1月3日

今日正能量微演讲3:

平静地向更高更好处生长

崭新一年的大幕已经拉开,在新的一年里,如何避免"今天的你我,重复昨天的故事"?如何避免"今天的村庄,还唱着过去的歌谣"?如何避免"白云悠悠尽情地游,一切都未改变"?那就需要我们,迎着阳光,朝着美好,平静地向更高更好处生长。

我们可以列一个具体的包括很多很多内容的崭新一年的计划,先不管它能不能实现,先想出来,然后认认真真地写在本子上,有时间,就拿出来看看,就好好想想,就认真做做……一直坚持下去,慢慢地你就会发现:本子上实现的内容越来越多……随着时间延续,你更会发现:今天的你我,确实比昨天有了更多的进步;今年的你我,比去年有了更多的进步和成长。

在崭新的一年,让我们平静抑或满怀激情地向着更高更好处生长。

今日思悟 _____

_____

_____

今日践行 _____

_____

_____

1月4日

今日正能量微演讲 4：

第一粒扣子上写着啥

"扣好人生第一粒扣子"，这是习近平总书记对青年一代提出的希望和要求。

那第一粒扣子上到底写着啥呢？我认为写着朴朴素素、简简单单却又重若千钧的六个大字——忠诚、干净、担当！

忠诚。我们每一名青年学生要忠于祖国、忠于党、忠于事业、忠于理想、忠于信念。

干净。作为中学生，你可能感觉，我们没有什么不干净的啊，确实是的，但是，我们必须从小、从青年时代就爱惜自己的"羽毛"。只有这样，将来才能够干干净净做事、堂堂正正做人。

担当。就是挺身而出，亲历敢为。没有担当，干净就成空谈；没有担当，忠诚也变成口号。

"扣好人生第一粒扣子"，让"忠诚、干净、担当"这朴朴素素、简简单单却又重若千钧的六个大字永远激荡在我们的心田，永远激励着我们健康茁壮成长！

今日思悟 _____

_____

今日践行 _____

_____

1月5日

今日正能量微演讲5：

"为党成人，为国成才"（1）

2020年9月22日，习近平总书记在教育文化卫生体育领域专家代表座谈会上进一步指出，教育是国之大计、党之大计。十四五时期，我们要从党和国家事业发展全局的高度，全面贯彻党的教育方针，坚持优先发展教育事业，坚守为党育人、为国育才，努力办好人民满意的教育，在加快推进教育现代化的新征程中培养能担起民族复兴大任的时代新人。

教育要坚守"为党育人、为国育才"，每一名教师都要在日常教育教学中，切切实实落实好"为党育人、为国育才"。那我们每一名学生，作为祖国的未来、民族的希望、实现中国梦的主力军，我们就要努力做到"为党成人，为国成才"。

今日思悟 _____

_____

_____

_____

今日践行 _____

_____

_____

_____

1月6日

今日正能量微演讲6：

"为党成人，为国成才"（2）

"为党成人，为国成才"，那我们应该树立怎样的梦想呢？

我们应该从"担当民族复兴大任的时代新人"的高度，从承担建设幸福中国、和谐中国，实现中国梦的高度，从"学业梦想、职业梦想、生活梦想、家国担当"四个维度，来播种梦想——确立我们的一系列梦想，作为当代青年学生，我们尤其要树立远大的家国担当的理想，切切实实为咱们这个国家和民族作出贡献。

在"学业梦想、职业梦想、生活梦想、家国担当"这一系列梦想中，有一个梦想是核心梦想，这一梦想的实现与否，影响和决定着其他梦想的实现，因此，我们要确立好核心梦想，要在核心梦想的引领下全力以赴、茁壮成长。

今日思悟 _____

_____

_____

今日践行 _____

_____

_____

_____

1月7日

今日正能量微演讲 7:

"为党成人，为国成才"（3）

有梦想谁都了不起，有勇气就会有奇迹。

习近平总书记早在 2013 年就提出，实现中华民族伟大复兴的中国梦，就是要实现国家富强、民族振兴、人民幸福。中国梦是中华民族的梦，也是每个中国人的梦。只要我们紧密团结，万众一心，为实现共同梦想而奋斗，实现梦想的力量就无比强大，我们每个人为实现自己梦想的努力就拥有广阔的空间。

崭新的一年，让我们每一名同学"为党成人，为国成才"，让我们确立好我们的梦想，让我们仰望星空、脚踏实地，让我们成长为担负起民族复兴重任的时代新人，让我们朝着梦想，出发！朝着胜利，前进！

今日思悟 _____

_____

_____

今日践行 _____

_____

_____

1月8日

今日正能量微演讲 8：

缅怀伟人　扎实前行

今天是敬爱的周恩来总理逝世纪念日。

最早知道周总理，是家里墙上的伟人像；最早较为深入地了解周总理是小时候听到的那首诗朗诵《周总理 你在哪里》：

　　周总理，我们的好总理，你在哪里呵，你在哪里？

　　你可知道，我们想念你，———你的人民想念你……

当时，由于年龄原因，还不完全明白诗歌的意思，但是这首诗确实给小小少年的心灵以强烈的震撼。

随着年龄渐长，更加为周总理的人格魅力和伟人风采折服。

他年少奋发，为中华之崛起而读书；

他挥斥方遒，为中华民族而革命；

他日理万机，为让世界认识中国而奔走；

他鞠躬尽瘁，为中国有今日死而后已……

在今天这个特殊的日子里，让我们缅怀周总理，扎扎实实做好自己的工作，尽全力作出贡献。

今日思悟 _____

_____

今日践行 _____

_____

1月9日

今日正能量微演讲9：

生命中最年轻的那一天

今天，已经是崭新一年的第九天了，顺着时间的河流，崭新一年乃至以后的每一年每一天都会在这样俗常的日子里慢慢地流逝。

"每个不曾起舞的日子都是对生命的辜负"，我们又如何在一天又一天的俗常日子里"翩然起舞"呢？那就需要我们在俗常的日子里找到新的生长点。这就需要我们赋予每个俗常的日子以崭新的意义，对于大多数的人来说，"今天就是你接下来的生命中最青春的那一天"，既然是最青春的那一天，就要拿出最青春应有的"年轻态"，去努力地发现我们新的生长点，去努力地向上生长。

今日思悟 _____

_____

_____

_____

今日践行 _____

_____

_____

_____

1 月 10 日

今日正能量微演讲 10：

章丘四中有个"梦想担当许愿节"

——"梦想担当许愿节"活动随想（1）

火红的青春点燃梦想，激情的岁月放飞希望！以梦想与担当成就人，是章丘四中的办学思想，也是四中师生学习成长的动力源泉。

为引领学生寻梦、立梦、追梦和圆梦，章丘四中于 2014 年创立了"向未来承诺，让梦想启航——相约三十年，共筑中国梦"之"梦想担当许愿节"。每年元月初，全校学生举行仪式隆重的梦想许愿活动，全体同学许下高中三年、毕业十年的梦想，甚至是毕业二十年、毕业三十年的梦想。

每班一个梦想瓶，学校建立梦想阁，将孩子的梦想藏入阁中，既留下校友对母校的思念，更引导学生开启逐梦之旅，增添前行动力。

你的十年、二十年、三十年的梦想是怎样的呢？又要如何去实现和担当呢？章丘四中的"梦想担当许愿节"对我们每个人也有着一定的启发和借鉴意义吧。

今日思悟 _____

_____

_____

今日践行 _____

_____

_____

1月11日

今日正能量微演讲11：

诗意与远方
——"梦想担当许愿节"活动随想（2）

章丘四中每年举行一届"向未来承诺，让梦想启航——相约三十年，共筑中国梦"的"梦想担当许愿节"活动。

活动的初衷是唤醒同学们心中的"巨人"，引领同学们在高中阶段立下高考梦想以及毕业十年、二十年、三十年的梦想，这样，同学们就不仅仅思考高中三年，而是要思考整个人生，进入四中，不仅仅有当下的学习和高考，更有诗意与远方，更有伟大的中国梦需要我们去担当、去实现。这就需要每一名同学都要进行科学理性符合自身实际的人生规划。今日立下梦想，明朝梦想达成，这样，同学们就会思考如何立梦、如何追梦、如何圆梦。

祝愿所有的同学都能脚踏实地，努力奋斗，梦想成真。

今日思悟 _____

_____

_____

今日践行 _____

_____

_____

1月12日

今日正能量微演讲 12：

我的梦 伟大复兴的中国梦

——"梦想担当许愿节"活动随想（3）

章丘四中举行每年一届"向未来承诺，让梦想启航——相约三十年，共筑中国梦"的"梦想担当许愿节"活动时，我经常对同学们说，中国梦是实现中华民族的伟大复兴，我们确立了两个一百年的奋斗目标。从字面上来看，两个一百年好像离我们还很遥远，然而，并不是，第一个一百年是建党 100 周年（2021）——就是今年——就是此时此刻；第二个一百年是中华人民共和国成立 100 周年（2049），也就仅有二十八年了，我们今天许下的毕业十年、二十年、三十年的梦想，一定与伟大复兴的中国梦很好地结合起来，增强时间意识，时不我待，奋力拼搏。

我们每个人都要将自己的梦想与伟大复兴的中国梦结合起来，伟大复兴的中国梦必将因我们每一个人的梦而更加丰富多彩、灿烂辉煌。

今日思悟 _____

_____

_____

今日践行 _____

_____

_____

1 月 13 日

今日正能量微演讲 13：

"我要为西部捐建一所希望小学"

——章丘四中 21 届学子毕业三十年梦想之一

章丘四中举行一年一度的"向未来承诺，让梦想启航——相约三十年，共筑中国梦"章丘四中"梦想担当许愿节"系列活动启动仪式。

大会有一项议程叫"梦想呐喊"——在全体同学的助力和见证下，喊出自己毕业三十年的梦想。

在这一过程中，有一个声音感动着在场的师生："当我毕业三十年的时候，我要为西部捐建一所希望小学！"

我想，这个梦想展现了这名同学身上的那种责任担当、那种大爱情怀。我们更有足够的理由坚信，在这梦想的引领下，他就会不断地努力追梦，持续奋斗，直至圆梦。

今日思悟 _____

_____

_____

今日践行 _____

_____

_____

1 月 14 日

今日正能量微演讲 14：

"我要成为有责任感的章丘首富"

————章丘四中 21 届学子毕业三十年梦想之二

在章丘四中举行的一年一度的"向未来承诺，让梦想启航——相约三十年，共筑中国梦"章丘四中"梦想担当许愿节"系列活动启动仪式上的"梦想呐喊"环节中，有一名同学在全体同学的助力和见证下，喊出自己毕业三十年的梦想是"成为有责任感的章丘首富"。

这名同学肯定在他的高考梦想、毕业十年梦想、二十年梦想中有着一个循序渐进地逐步成长为有责任感的章丘首富的过程。他会思考，现在的章丘首富是谁？他怎样成为章丘首富的？他做了哪些事情和工作？面对着未来的社会，他要通过怎样的方式方法，才能成为章丘首富？怎样才能成为有责任感的章丘首富？他的责任感要具体体现在哪些方面？

当他静静思考这些问题的时候，应该就是他拔节生长的时候吧！我坚信，他的责任感将使他静下心来，好好考上理想的大学，首先实现高考梦想，为梦想的实现打下坚实的基础，也坚信他的责任感一定会促使他梦想成真。

今日思悟 _____

今日践行 _____

1月15日

今日正能量微演讲 15：

"三十年后我要完成可控核聚变研究"

—— 章丘四中 21 届学子毕业三十年梦想之三

在章丘四中举行的一年一度的"向未来承诺，让梦想启航——相约三十年，共筑中国梦"的"梦想担当许愿节"系列活动启动仪式上的"梦想呐喊"环节中，有一名同学在全体同学的助力和见证下，喊出自己的梦想是"三十年后我要完成可控核聚变研究"。

这名同学的梦想，对于我们来讲，应该有一些陌生，但是，它包含着这样几个关键词：可控、核聚变、研究。对于这个梦想，我只能是从字面意思和网络知识来理解，但不可否认的是，这是一个高深的、世界前沿的科技命题，能够完成这一研究的科学家一定是该领域最伟大的科学家，或者，完成这一研究，就一定会成为这一领域最伟大的科学家。

"初生牛犊不怕虎"，每一个敢于做梦的孩子的每一个梦想都值得期待；"臣心一片磁针石，不指南方不肯休"，每一个勇于追梦的孩子都值得崇拜，因为，每一个梦想都会引领着那个做梦的人去奋斗、加油、茁壮成长！

今日思悟 _____

_____

今日践行 _____

_____

1月16日

今日正能量微演讲16:

"三十年后我要做中国最大的慈善家"

——章丘四中21届学子毕业三十年梦想之四

在章丘四中举行的一年一度的"向未来承诺,让梦想启航——相约三十年,共筑中国梦"的"梦想担当许愿节"系列活动启动仪式的"梦想呐喊"环节中,有一名同学在全体同学的助力和见证下,喊出自己的梦想是"三十年后我要做中国最大的慈善家"。

这名同学的梦想,对于我等小小燕雀来讲,确实是连做也不敢做的巨大鸿鹄梦。但是,我们却不能因为自己做不了这样的梦,就否认他人的梦想。但是,我同样知道,在全国数不清的中学里面有数不清的同学做着这样的梦,但是,他们那个时期(三十年后)的中国,肯定有一个最大的慈善家。

梦想从来都不是随便想想、张嘴喊喊的,梦想是用来拼搏、奋斗、实现的。我发自心底地期盼并预祝这位同学通过脚踏实地、扎扎实实的努力和各种机遇,心想事成!

今日思悟 _____

_____

今日践行 _____

_____

_____

1月17日

今日正能量微演讲 17：

"三十年后我要回四中当一名韩老师那样的老师"

—— 章丘四中 21 届学子毕业三十年梦想之五

在章丘四中举行的一年一度的"向未来承诺，让梦想启航——相约三十年，共筑中国梦"的"梦想担当许愿节"系列活动启动仪式的"梦想呐喊"环节中，有一名同学在全体同学的助力和见证下，喊出自己毕业三十年的梦想是"三十年后我要回四中当一名韩老师那样的老师"。

这名同学梦想中的韩老师就是他现在的班主任。从某个角度来讲，相较于其他同学的梦想，这名同学的梦想显得很普通、很现实，一点也不"高大上"，但是它同样地感染着我，引发我的思考。

让我深思的是，一个班主任需要如何去做，做到怎样的程度，才能成为学生的偶像，成为学生心目中的三十年后他要成为的样子。于是，我又想起了那首歌熟悉的老歌《长大后我就成了你》："长大后我就成了你 / 才知道那个讲台 / 举起的是别人 / 奉献的是自己……"

今日思悟 _____

_____

_____

今日践行 _____

_____

_____

1月18日

今日正能量微演讲18：

有梦想真好

——高一同学参加"梦想担当许愿节"活动感受之一

　　章丘四中举行的一年一度的"向未来承诺，让梦想启航——相约三十年，共筑中国梦"的"梦想担当许愿节"系列活动，活动场面撼人心魄，活动细节润物无声，高一（2）班郭荣钊写的"梦想担当许愿节"感受《不过，有梦想真好》如下。

　　黑云压城，山雨欲来风满楼

　　一道飞敕传来——举办"梦想担当许愿节"活动

　　朦胧春雨中，同学们奔向操场

　　空气中有一股新鲜的泥土气味

　　活动开始了，雨滴飘落在身上，有些冷

　　学生代表们说着有些类似的鼓励人的话

　　高三学长们喊出的梦想于天空回荡

　　冷风加细雨，还是有些痛苦

　　不过，有梦想真好

今日思悟 _____

_____

今日践行 _____

_____

1月19日

今日正能量微演讲 19：

做一个勇敢的追梦人

——高一同学参加"梦想担当许愿节"活动感受之二

章丘四中举行的一年一度的"向未来承诺，让梦想启航——相约三十年，共筑中国梦"的"梦想担当许愿节"系列活动，活动场面撼人心魄，活动细节润物无声，高一（2）班徐欣璐写的"梦想担当许愿节"感受，部分实录如下。

做一个勇敢的追梦人

犹记那日的雨，犹记那日蒙灰的潮湿的天，更记得我们在操场上冒雨站立的一个个倔强而坚强的身影。

我们喊出的一句句追梦无畏的誓言，梦想在嘴边或许并不遥远，在嘴边的梦想也只能成为梦。校长的讲话让我触感颇深，我明白，我们对待梦想，绝不能空有一身的激情热血，更应沉下心来思考如何追梦，如何有效追梦。

许愿节许下的誓言仍在耳边回响，我也坚定了心中的梦想，做一个勇敢的追梦人。

今日思悟 ＿＿＿＿＿＿＿＿＿＿＿＿＿＿＿＿＿

＿＿＿＿＿＿＿＿＿＿＿＿＿＿＿＿＿＿＿＿＿＿＿＿＿

今日践行 ＿＿＿＿＿＿＿＿＿＿＿＿＿＿＿＿＿

＿＿＿＿＿＿＿＿＿＿＿＿＿＿＿＿＿＿＿＿＿＿＿＿＿

1月20日

今日正能量微演讲20：

心生向往，负重前行

——高一同学参加"梦想担当许愿节"活动感受之三

章丘四中举行的一年一度的"向未来承诺，让梦想启航——相约三十年，共筑中国梦"的"梦想担当许愿节"系列活动，活动场面撼人心魄，活动细节润物无声，高一(2)班王诗哲写的"梦想担当许愿节"感受《心生向往，负重前行》如下。

"一个人至少拥有一个梦想，有一个理由去坚强。心若没有栖息的地方，到哪里都是在流浪。"

关于"梦想担当许愿节"，对我来说也许最重要的不是那瓶子里写下的文字，而是在我去考虑我的梦想的时候我遇到的我——未来想变成的那个我，以及在传递梦想的时候为自己、为别人守梦的感觉。

既然选择了远方，便只顾风雨兼程；既然选择了自己的梦想，便只顾为此付出行动。自己选择的未来，就好好努力去实现。

今日思悟 _____

_____

_____

今日践行 _____

_____

_____

1月21日

今日正能量微演讲21：

竭尽全力，朝着奔跑的方向

——高一同学参加"梦想担当许愿节"活动感受之四

章丘四中举行的一年一度的"向未来承诺，让梦想启航——相约三十年，共筑中国梦"的"梦想担当许愿节"系列活动，活动场面撼人心魄，活动细节润物无声，高一（2）班刘心梅写的"梦想担当许愿节"感受《竭尽全力，朝着奔跑的方向》如下。

淅淅沥沥的小雨浇不灭我们的热情，初春微凉的天气冷却不了我们的赤子心。

梦想许愿袋在每个人手中传递／清朗乾坤下升起一届届学子的希冀。

梦想是青春的代名词／是人生路上的引航；

它教我们学会坚持和奋斗／坚信撕破黑暗定能迎来黎明的曙光。

我们披好戎装／眼神不再迷茫，

"我创辉煌"的口号发自肺腑，回荡四方／句句回响，声声嘹亮，字字铿锵。

那一刻，我们明白了／接下来竭尽全力，朝着奔跑的方向。

今日思悟 _____

_____

今日践行 _____

_____

1月22日

今日正能量微演讲 22：

奋进在追梦路上

——高一同学参加"梦想担当许愿节"活动感受之五

章丘四中举行的一年一度的"向未来承诺，让梦想启航——相约三十年，共筑中国梦"的"梦想担当许愿节"系列活动，活动场面撼人心魄，活动细节润物无声，高一（2）班李梓璇写的"梦想担当许愿节"感受如下。

奋进在追梦路上

　　淅淅沥沥的小雨也无法抑制我们许愿、追梦的迫切心情，勤奋或许每个人都有，但自信不是，敢想才敢做，敢梦才敢追，"梦想担当许愿节"沸腾了我们立梦、追梦的热血，慷慨激昂的誓词坚定了我们筑梦、逐梦的步伐。

　　"梦想担当许愿节"让我们更加紧密地联系在一起，一起在追梦路上并肩奋进，一起铸就四中辉煌。

今日思悟 _____

_____

_____

今日践行 _____

_____

_____

1月23日

今日正能量微演讲23：

努力做一个善梦者

——高一同学参加"梦想担当许愿节"活动感受之六

章丘四中举行的一年一度的"向未来承诺，让梦想启航——相约三十年，共筑中国梦"的"梦想担当许愿节"系列活动，活动场面撼人心魄，活动细节润物无声，高一（2）班焦迪扬写的"梦想担当许愿节"感受如下。

努力做一个善梦者

在淅淅沥沥的小雨中，似乎更能使人体会到梦想的分量。当每位同学都把手高高举起，虔诚地传递着装满了大家心愿的梦想担当许愿袋时，似乎一切都停止了，只有时间在向前奔流。不是杰出者才善梦，而是善梦者才杰出，让我们努力做一个善梦者，这样，相信在不久后，当打开曾经的梦想时，我们每个人都会露出最灿烂的笑容。

今日思悟 _____

_____

_____

今日践行 _____

_____

_____

1月24日

今日正能量微演讲 24：

心怀梦想，锐不可当

——高一同学参加梦想担当许愿节活动感受之七

章丘四中举行的一年一度的"向未来承诺，让梦想启航——相约三十年，共筑中国梦"的"梦想担当许愿节"系列活动，活动场面撼人心魄，活动细节润物无声，高一 (2) 班栗若橦写的"梦想担当许愿节"感受《心怀梦想，锐不可当》如下。

那日小雨淅淅沥沥，是真正的春风化雨。

雨，一滴滴地落在誓词上，落在同学身上，落在我们的心上，凉，清，爽。在《追梦赤子心》的音乐声中，我们双手接过、托起愿望锦囊，看着那三个红色的袋子入瓶、封存。那一刻，我感受到了强烈的希望之火在燃烧，在那许愿瓶中熠熠生辉。

印象最深非"百人团喊出梦想"环节莫属。铿锵的、坚定的、自信的、无惧的呐喊声振奋人心，激励着每一位同学。

心怀梦想，千山万壑都阻挡不住我们前进的步伐。

今日思悟 _____

_____

今日践行 _____

_____

1月25日

今日正能量微演讲25：

把路走正，把根扎深

很久没有拜访德高望重的叔了。

周末，跟叔提前联系好，去拜访他老人家。

爷儿俩畅聊甚是欢心。叔告诉我："我说给你，也通过你说给听你讲课的所有人——把路走正，把根扎深。"

他进一步解释，把路走好——方向比努力重要。走路一定好好看清方向，一定确保方向正确，方向错了，越努力越坏事，做人做事最重要的一条就是确保方向正确。把根扎深——只有深深地扎根，才能汲取更加丰富的足够的方方面面的营养，才能壮大自己，促进自己成长，也才能够帮助他人、成就他人……

"把路走正，把根扎深"，让我们在自己的学习、工作、生活中扎扎实实、认认真真、踏踏实实地践行吧。

今日思悟 _____

_____

_____

今日践行 _____

_____

_____

1 月 26 日

今日正能量微演讲 26：

少年大志，说到做到

朋友发过来一组小学生徒步远足的照片。这些小学生从小早起、锻炼、做饭、学习，样样精通，身体也调理得好。由此，我就想到了玄奘小时候的故事。

玄奘法师十三岁那年，正好碰到大理寺卿郑善果到洛阳去考察，准备剃度十四位僧人。小玄奘就在考场的门口徘徊。

郑善果看到就问他，你是不是想能够剃度出家为僧啊？玄奘说是，我愿意出家为僧。

当时郑善果问他："出家意何所为？"玄奘答："意欲远绍如来，近光遗法。"

郑善果听后，大为震撼。就破格录取了玄奘，"诵业易成，风骨难得。若度此子，必为释门伟器！"玄奘大师也终成"远绍如来，成佛作祖；近光遗法，弘扬佛法"的一代大师。

从小立下大志，然后脚踏实地地去努力，就一定能够创造出辉煌的业绩。

今日思悟 _____

_____

_____

今日践行 _____

_____

_____

1月27日

今日正能量微演讲 27：

立志、勤学、改过、责善

近读《王阳明心学》。书中讲道，王阳明在龙场悟道时，给他的学生们定的规矩有四条：立志、勤学、改过、责善。这是王阳明对其追随者的要求，也是他对自己一生的要求。立志：志不立，天下无可成之事。今学者旷废隳惰，玩岁愒时，而百无所成，皆由于志之未立耳。故立志而圣，则圣矣；立志而贤，则贤矣。志不立，如无舵之舟、无衔之马，飘荡奔逸，终亦何所底乎？勤学：凡学之不勤，必其志之尚未笃也。从吾者，不以聪慧警捷为高，而以勤确谦抑为上。改过：夫过者，自大贤所不免，然不害其卒为大贤者，为其能改也。故不贵于无过，而贵于改过。责善：责善，朋友之道！然须忠告而善道之。悉其忠爱，致其婉曲，使彼闻之者而可从，绎之而可改，有所感而无所怒，乃为善耳。

五百多年前王阳明给弟子们定的这四条规矩，在今天，对于我们每一个当老师的、做家长的、我们每一个人又有怎样的启发意义和价值呢？

今日思悟 _____

_____

_____

今日践行 _____

_____

_____

1月28日

今日正能量微演讲 28：

梦想永远都不会逃跑

"梦想永远都不会逃跑，会逃跑的永远都是我们自己。"今天早上，翻看过去的笔记本，发现了章丘四中朱珂同学当年写在教室外面橱子铭牌上的这句话。

这句话反映的应该是大部分人的一种实际情况。确实是这样，有时候，我们走着走着，就把梦想丢了，我们自己逃跑了；有时候，甚至是那句说烂了的，更为严重的"我们忘记了为什么出发"。

因此，在朝着梦想前进的路上，需要我们做的应该是：当确立了一个方向正确，对他人、对自己、对社会、对国家有益的梦想之后，我们就要坚守梦想，不忘初心，永远理性、坚定而又执着地奔跑在追梦路上，绝不做追梦路上的逃跑者——窝囊的"逃兵"。

今日思悟 _____

_____

今日践行 _____

_____

_____

1 月 29 日

今日正能量微演讲 29:

梦想是一场华美的旅途

不记得谁曾经说过"梦想是一场华美的旅途,每个人在找到它之前,都只是孤独的少年",关键是在找到它之后,肯定需要与他人、与团队的团结合作,但更加肯定的是仍然需要持之以恒地、愈加艰苦孤独地前行。

面对着一场愈加艰苦的孤独前行,需要我们如何去做呢?如何去做,才能不辜负这样一场华美——直至壮美的人生旅途呢?!

你想好了吗?你又准备在现实世界的具体甚至琐碎的工作学习生活中如何去做呢?

今日思悟 _____

_____

_____

_____

今日践行 _____

_____

_____

_____

1月30日

今日正能量微演讲 30：

仰望星空与脚踏实地

近日，收到一名今年考入某高校学生的微信："老师，这个学校真不是我理想的学校，我一点也不喜欢这所学校，我该怎么办呢？"

确实，在每年的高考中，都会有一部分同学发挥得不是很理想，没有考入理想的学校。

我回复中有如下几句，也不知是否正确："即使是三流大学，也会有一流的学生——通过扎实努力去创造出优异的成绩。仰望星空是好的，但不可在这所大学里天天抱怨、日日蹉跎，浪费自己的青春年华、大好时光。一定脚踏实地，认真分析自身情况、确立好在这所大学的梦想和目标。既充分享受朝着梦想前进的那奋斗的激情与豪迈，又转换思想，积极寻找并享受当下这所大学的踏实与美好。"

享受当下，创造未来，仰望星空，脚踏实地，加油！

今日思悟 _____

_____

今日践行 _____

_____

_____

1月31日

今日正能量微演讲 31：

给自己编一个伟大的未来故事

英国著名作家科林·威尔逊曾说："当我在清晨睁开双眼，面对的不是一个世界，而是上百万个充满了无限可能性的世界的集合。"

柯林威尔逊是著名作家，思想深刻灵活，他所面对的是"上百万个无限可能性的世界的集合"。我们作为普通人，不用有上百万个无限可能性，但是，我们可以有数量不少的无限可能性。

我们既然有不少的无限可能性，那何不给自己编造一个"伟大"的故事呢？！

"要成为什么样的人物，先假装已经成了那样的人物"，章丘四中有传统节日——"梦想担当许愿节"，梦想三十年后的自己回到母校的情景：穿着三十年后的职业装，说着三十年后的专业术语，实实在在、真真切切地感受三十年后自己的模样。这样，为自己的未来编一个或一些伟大的故事，描绘出自己希望成为的人物的模样。也许，这样之后，我们脚踏实地地朝着梦想和目标前进的动力会更强大，信心会更充足，步伐会更坚定……

今日思悟 _____

_____

今日践行 _____

_____

二月

遇见更好的自己

2月1日

今日正能量微演讲 32：

遇见那个全新的自己（1）

当代青年生逢其时，重任在肩，唯有不负韶华，努力奋斗，才能无愧于青春、无愧于时代。

某金融投资人推荐一个栏目时说，他认为"优秀的青年应该投身这个时代的潮流，不断为自己增值，成为这个时代的超级个体"。

"一年后，你会遇到一个全新的自己。"这是我们对自己发出的呐喊，更是对自己的要求和希望。

我们可以双手托腮，默默而又冷静地思考：如何去做，一年后，才能够遇见那个全新的自己，才能无愧于青春、无愧于时代。

今日思悟 _____

_____

_____

今日践行 _____

_____

_____

2月2日

今日正能量微演讲 33：

遇见那个全新的自己（2）

如何去做，一年后，才能够遇见那个全新的自己？

走在过去的老路上，踏着过去的节奏，完全重复着过去的日常，大概率是不可能在一年后，自动出现一个全新的自我吧？

那就需要改变。

其一，"改头换面"。在头脑中确立一年后全新的自己，具体可以从多个维度设想一下。

其二，改变认知水平，快速提升认知水平，而这需要读书、需要学习。

其三，在正确认知前提下，正确行动。行胜于言，行动是带来改变和提升的唯一途径。

其四，在行动中坚持与改进。没有坚持，便不会有真正的改变。

今日思悟 _____

_____

_____

今日践行 _____

_____

_____

2月3日

今日正能量微演讲34：

遇见那个全新的自己（3）

如何去做，一年后，才能够遇见那个全新的自己？

"人是一棵会思考的芦苇。"对自己进行一次深入骨髓的、刨根问底的、细致精准的自我剖析，试着回答那个著名的哲学命题——我是谁？我要到哪里去？我怎么去？当然，一时半会儿也不会想得那么清晰透彻。

但是，我还是真诚地盼望着，你能够拿出半天、一天的时间，独自一个人或是走进大山，或是奔向海边，或是回到曾经的故乡——总之，你最想去的地方——在那里与自己的心灵进行对话。

这样，我们始终走在不停思考的路上，我们在行动上也会朝着一年后那个全新的自己不停地前进。

今日思悟 _____

_____

_____

_____

今日践行 _____

_____

_____

_____

2月4日

今日正能量微演讲 35：

遇见那个全新的自己（4）

如何去做，一年后，你会遇到一个全新的自己？

一个全新的自己都包括哪些方面？

做人做事上——找到自己的圣贤榜样，在言行上"见贤思齐"。

文化学识上——努力读书，甚至是多领域的跨界学习。

身心健康上——切实找到适合自己的科学的身体锻炼方式，并且坚持不懈地做下去。

……

"态度决定一切"，那种强烈的一年后成为一个全新的自己的热切渴盼，一定会激励着我们去改变现在的自己，成长为一个在做人做事上、文化学识上、身心健康上更加踏实、更加优秀、更加健康、更加平和的自己。

今日思悟 _____

_____

_____

今日践行 _____

_____

_____

2月5日

今日正能量微演讲 36：

遇见那个全新的自己（5）

如何去做，一年后，你会遇到一个全新的自己？

有一个人每天祈祷"上天，让我彩票中奖吧，让我彩票中奖吧"，虔诚地祈祷了很长时间，但他始终没有中奖。

他发牢骚："上天啊，我如此虔诚地祈祷，您怎么不让我中奖呢？"

上天说："孩子啊，我让你中奖没有问题啊，你至少要先买一张彩票啊！"

"心动不如行动。"梦里走了许多路，醒来还是在床上。我们已经想了好几天了，那就从今天起开始行动吧。我们会因为今天的开始，每一天的坚持，而真正成为一年后那个全新的自己。

今日思悟 _____

_____

_____

_____

今日践行 _____

_____

_____

_____

_____

2月6日

今日正能量微演讲 37：

遇见那个全新的自己（6）
——把自己打造得更加优秀

跟几个青年才俊聊天，聊到如何把自己打造成自己所从事领域的顶尖高手的问题。

热烈讨论交流后得出以下几点：一是站在巨人的肩膀上，向本领域最顶尖的高手学；二是认真学习本领域经典的书籍；三是在正确的理论指导下，用正确科学严谨的训练方式不断地训练、反复地研磨，克服训练过程中的艰难困苦，实现真正意义上的提升，实现质的飞跃。当然，要打造成最顶尖的高手，还需要一点天分。

天分＋努力＋机遇＋坚持，这几点齐备，应该会把自己打造得更加优秀，应该会把自己打造成自己所从事领域的顶尖高手。加油！

今日思悟 _____

_____

_____

今日践行 _____

_____

_____

2月7日

今日正能量微演讲38：

深挖你的潜力金矿（1）

现在，请各位猜一下 $1×2×3×4×5×6×7×8×9×10=$ ？

注意是直接猜答案，而不是用计算器算。我在很多场合做过实验，大都回答 900、1000、10000，回答超过 100000 的就很少很少了。而这个数的实际答案是多少呢？ 3628800（三百六十二万八千八百）。

是不是咱们绝大部分人都没有想到几个简单的小数字一乘，结果会这样大？而这就像是我们每个人身上蕴藏的潜能。

每个人其实都隐藏着巨大潜力，但是这种潜力不容易被激发出来，它被深埋在我们体内，甚至一生一世都不可能发挥出来。而一旦这种潜力发挥出来了，我们就可能战胜许多无法想象的困难。

我们每个人都有一座潜力金矿，蕴藏无穷，价值无比，而我们需要做的就是激发无限的潜力，唤醒沉睡的巨人，把巨大的潜能挖掘出来。

今日思悟 _____

_____

_____

今日践行 _____

_____

_____

2月8日

今日正能量微演讲 39：

深挖你的潜力金矿（2）

每个人都蕴藏着哪些巨大的潜能？

人类有巨大的记忆潜力、巨大的思维潜力，人类还有着巨大的创造潜力、巨大的体能潜力。

当然，潜力只是提供了可能性，要将可能变成现实，还需要我们付出艰苦的劳动，需要不懈地进行自我开发。

那又如何挖掘我们的潜力呢？

一、设定具有挑战性的目标。设定具有挑战性的目标可以提高人的创造力，可以使人不断地发展自己的能力，超越自己现在的水平。

二、培养积极的自我意识。只有具备积极的自我意识，一个人才会知道自己是个什么样的人，并知道自己能够成为什么样的人。因而他能积极地发挥和利用自己身上的巨大潜能，干出非凡的事业来。

三、做事要全力以赴。我们做事不能只满足于尽心尽力，而是要追求"全力以赴"，只有这样，才能扫清一切障碍，才能更好地发挥自己的潜能。

今日思悟 _____

_____

今日践行 _____

_____

<u>2月9日</u>

今日正能量微演讲40：

多少懒惰被戴上了美丽的花冠

需要我们思考的是，有多少懒惰被我们戴上了一个美丽的花冠，我们还虚张声势、信誓旦旦地大声告诉自己："我那不是懒惰，我是'随遇而安''无为而治''静待花开'。"其实，你自己也真担心，如果不这样虚张声势，不这样信誓旦旦，就会被他人和自己无情地揭去美丽的花冠，暴露出"懒惰"的本质。　懒惰是很奇怪的东西，它使你以为那是安逸、是休息、是福气，但实际上它所给你的是无聊、是倦怠、是消沉；它剥夺你对前途的希望，割断你和别人之间的友情，使你心胸日渐狭窄，使你不能够积极、健康、向上。

多少老师对学生、多少家长对子女的不管不问冠之为"静待花开"，静待花开需要的是根据植株的品种、习性、生长特点等浇水、施肥、锄草，而不是懒惰的"不管不问"。对学生、对子女的不管不问，等不来"静待花开"，只能换来"爱开不开"。

让我们尊重规律，揭掉懒惰的花冠，不再寻找借口，不再自欺欺人，让我们积极向上，用踏实勤奋促进自己和他人成长。

今日思悟 _____

_____

今日践行 _____

_____

2月10日

今日正能量微演讲 41：

"你还有两年时间"

1962 年的一天，华罗庚忽然问身边几个人："你们多大岁数了？"正好陆汝钤在旁边，他见华先生正看着他，赶紧回答："我二十八岁。"年轻的陆汝钤，是中国科学院数学所熊庆来先生的高足，可谓风华正茂，是很多人羡慕的对象。

没想到华先生冲着他比出了两个手指头："你还有两年时间。"

"两年时间？"陆汝钤一时不明白这指的是什么。经过解释，他才知道，华罗庚认为一个数学家，三十岁以前一定要出成果。

二十八岁，一般人都认为距离成名、成家的距离还远着呢，却被华先生宣布只剩两年的时间，这一句话把陆汝钤吓了一跳，使他警醒。从此他争分夺秒，发奋努力，终于成长为我国杰出的计算机科学家，并当选为中国科学院院士。正是那两个手指，那句"你还有两年时间"，唤醒了他时间的紧迫感，促使他只争朝夕，全力以赴。

那我们自己呢？我们有没有碰到"华先生"？在没有碰到"华先生"的时候，我们又应该怎么去做呢？

今日思悟 _____

今日践行 _____

2月11日

今日正能量微演讲 42：

找到两个榜样

要想唤醒自己心底沉睡的巨人，成长为自己想要的模样，在学习、生活中，我们可以找到两个榜样，一是在这一领域的中国乃至世界最顶尖的大家，以此作为灯塔，作为榜样，作为那个可以仰望的人，引领我们的目光，始终追随着这一领域的最前沿。二是从身边找到一个榜样，作为我们成长中某一阶段的目标，我们可以在一段时间内首先达到他那样的水平和境界。

两个榜样，一个供我们仰望星空，一个供我们脚踏实地地学习，两个榜样，相得益彰，确保我们的水平不断提升，引领我们不断成长。

从今天起，让我们无论在生活、学习上，还是在做人、做事的境界和层次上，都找到两个榜样吧！

今日思悟 _____

_____

_____

_____

今日践行 _____

_____

_____

_____

2月12日

今日正能量微演讲 43：

唤醒自己的"主角"意识

因为《爱情公寓》中陈美嘉的扮演者李金铭是章丘四中校友，所以，我充满期待、满怀欣喜地走进了久违的电影院。

《爱情公寓》讲了一伙年轻人，因调包"换箱子"拥有了"主角光环"之后发生的一些有意思的事情，充满着正能量，所传达出的"人生如戏，每个人都是自己的主角""主角光环在，啥都不怕""这就是主角光环啊"对我们每个人都会有足够的启发。

当然，靠偷换箱子获得"主角光环"的做法虽属游戏，但值得商榷。

给我们的启示是，只要我们科学细心地寻找、勤奋踏实地努力，我们就一定能够拥有属于自己的"主角光环"，成长为自己生活的主角，创造属于自己的辉煌，为咱们这个国家和民族，作出更大的贡献。

今日思悟 _____

_____

_____

今日践行 _____

_____

_____

2月13日

今日正能量微演讲44：

少做一些自己原谅自己的事

读到一段话："不管怎样，在关键时刻，我发现，原谅自己比任何事情都要容易一些。"

联想到前几天分享的正能量：多少懒惰被我们冠名为"随遇而安""无为而治""静待花开"？那所谓的听上去温和平静而又"高大上"的"随遇而安""无为而治""静待花开"的花冠下面隐藏着的恰恰就是自己原谅自己的懒惰吧！

既然人都善于原谅自己，这更应该引起我们的警醒，我们要在思想上强化自省意识，在行动上努力与自己抗争，把自己的工作、生活、学习做得更好，少做一些让自己原谅自己的事。

今日思悟 _____

_____

_____

今日践行 _____

_____

_____

_____

2月14日

今日正能量微演讲 45：

努力当好那个有情有义的人

今天是西方的情人节，我们可以不过，但是，我们却可以努力当好那个有情有义的人。

看到一份材料：驰援武汉的医护人员 19800 名，其中 14800 名是护士，其中 90% 以上是女护士。可能在平常，我们更多感受到的是护士的专业、温柔、美丽等。但在疫情前线，每一名医生、每一名护士、每一名战士都是温柔和刚性并存，"我把命都给病人了，何况一头秀发"——抛弃美丽外表只专注于救死扶伤的最有情有义的人——你托我性命，我全力以赴！

那我们每一个人，又如何当好那个有情有义的人呢？勤奋学习，要有痴情；干事创业，要有激情；克服困难，要有豪情；教书育人，用心倾情；待人接物，要有温情；侍奉父母，要有柔情；面对弱者，饱含同情；他人帮助，要懂恩情……让我们从当下的点点滴滴的实际行动做起，努力当好那个有情有义的人。

今日思悟 _____

_____

_____

今日践行 _____

_____

_____

2月15日

今日正能量微演讲 46:

解决问题是王道

一天，一家公司的董事长问："谁能说说公司目前存在什么问题？"

一百多个人上来抢话筒！

又问："谁能说说背后的原因？"

一半的人立马消失！

再问："谁能告诉我解决方案？"

不到二十人举手！

"那么有谁想动手解决一下？"

结果只剩下了五个人！

骂者众，思虑者少，献计者寡，担当者无几。

挑毛病、找原因、给方法、担责任，哪个含金量更高？在我们每个人的实际的工作、生活、学习中，我们自己又是怎样的角色呢？我们又应该是怎样的角色呢？

今日思悟 _____

_____

_____

今日践行 _____

_____

_____

2月16日

今日正能量微演讲 47：

天下第一等人物是啥样

"天下事业无所谓大小，只要在自己的责任内，尽自己力量做去，便是第一等人物。"这是梁启超教育子女的话。

这个标准看起来很简单，其实也是很难做到的。

如何算是尽心？怎样算是尽力？如何去做才算是真正做到尽心尽力呢？

"尽"在这里应该用作动词，字典上的意思是：竭；完；没有了；达到极限。尽责尽力就应该是达到责任和力量的极限。那怎样的状态才是责任和力量的极限？又如何去真正地做到呢？

说得直白、简单一点，努力做好自己分内的、应该做的事情，就是第一等的人物。各行各业的人，都把分内的、应该做的事做好了，那每个人都是第一等的人物，所在的单位就会是第一等的单位，这个国家就会是第一等的国家吧……

今日思悟 _____

_____

_____

今日践行 _____

_____

_____

2月17日

今日正能量微演讲 48：

把钻戒丢过栅栏

"把钻戒丢过栅栏"理论告诉我们："前方有一个栅栏，你的第一反应是翻不过去，那就翻不过去；但如果把你心爱的钻戒扔到栅栏对面，你就一定可以翻过去，因为你必须过去才能把钻戒捡回来。"我们要勇于"把钻戒丢过栅栏"。

"把钻戒丢过栅栏"，能够激发起我们深挖巨大潜力的动力、决心和斗志；"把钻戒丢过栅栏"，能够激励我们破釜沉舟、背水一战。

在实际具体的生活中，我们试着"把钻戒丢过栅栏""逼自己一把"，让自己无路可退，这时候，我们可能就会如他人所言："除了胜利，我们已无路可走！"

今日思悟 _____

_____

_____

_____

今日践行 _____

_____

_____

_____

2月18日

今日正能量微演讲 49：

"大家都是人"

著名作家林清玄有一个著名的"林清玄五字大明咒"——"大家都是人"。他说，做他人已经做过，而我们又不敢做的正确的事的时候，可以默念"大家都是人"，看见位高权重的人不敢说话也念"大家都是人"。这样克服内心紧张，我们才不惧于表达自己。

星云大师有一篇文章《敢，很重要》，第一段这样写道："一天夜里，我在阅读报章杂志时，突然心有所感。同样是血肉之躯，有些人虽然平凡低微，却能成就丰功伟业，彪炳人寰；有些人尽管资源丰富，却显得千头万绪，一筹莫展。这是为什么呢？我觉得，敢，是关键的因之一。"

"大家都是人"，能够让我们"敢"——这给我们以信心和勇气，给我们以鼓舞和胆气，给我们以勇敢和力量，让我们用"大家都是人"去唤醒我们心底蕴藏的巨大潜力，去努力拼搏，去长成最美的模样，去成为自己能够成为的最美、最好的那个人。

今日思悟 _____

_____

_____

今日践行 _____

_____

_____

2月19日

今日正能量微演讲50：

"最重要的开关"

假期中，一高三优秀学子来电话说，想找"时大爷"交流交流，"时大爷"（我）欣欣然，赶往学校。

听他讲高三学习、生活中的情况，以及想突破和成长的地方等，我认真倾听，静静微笑，不住点头……

最后，他总结说"内因是事物发展变化的根本原因""唤醒强大内心的最重要的开关永远是自己"。只有当一个人在发自心底地认识到目前自己的有限能力和所蕴含无限的潜力时，他才会真正的充满信心，踌躇满志地去拉动开关，爆发力量，激发潜能！

整个交流，我只是认真倾听，静静微笑，不住点头……但是，我能够准确地感受到他的愉悦、兴奋，因为，他找到了"唤醒自己强大内心的最重要的开关"。那我们呢？我们自己是否也找到了"那个最重要的开关"呢？

今日思悟 _____

_____

_____

今日践行 _____

_____

_____

2月20日

今日正能量微演讲 51：

那只美丽的天堂鸟

　　1858 年，瑞典的一个富豪人家生下了一个女儿。然而不久，孩子患了一种当时医学无法治愈的瘫痪症，丧失了走路的能力。

　　一次，女孩和家人一起乘船旅行。船长的太太给女孩讲，船长有一只天堂鸟。女孩被这只鸟的描述迷住了，极想亲自看一看。于是保姆把女孩留在甲板上，自己去找船长。女孩耐不住性子等待，她要求船上的服务生立即带她去看天堂鸟。那服务生并不知道她的腿不能走路，而只顾带着她一道去看那只美丽的小鸟。奇迹发生了，女孩因为极度地渴望，竟忘我地拉住服务生的手，慢慢地走了起来。从此，女孩的病痊愈了。女孩长大后，又忘我地投入到文学创作中，最后成为第一位荣获诺贝尔文学奖的女性，她就是茜尔玛·拉格萝芙。那只美丽的天堂鸟，唤醒了茜尔玛·拉格萝芙的梦，忘我地追梦，使得茜尔玛·拉格萝芙的潜能得到真正挖掘。

　　我们每个人的潜力是无穷的！只要你认真对待每一天，全身心地投入工作、生活，你的潜力就会不断地被挖掘出来，一个全新的你，一定会令自己惊讶和震惊。

今日思悟 _____

_____

今日践行 _____

2月21日

今日正能量微演讲52：

"感恩那顿批评"

听一知名学者讲他的成长故事：小时候一次考试不及格，被他父亲发现了，批评一顿，从此他在学习上再也不偷懒了，反而激发了爱好学习的潜力，在初中和高中阶段一直努力，结果，高考时考上心仪的山东大学。此后，又一直努力，成长为博士、博士后，成长为北京长城学者，成长为院长、教授。

他说，唤醒不是刻意的，有其偶然性的一面，关键是外在刺激和内心的瞬间相通，但也与人的意志力有关，一个内心强大的人一旦被唤醒，其力量是无穷的。

小时候的那顿批评，让他得知父亲对他学习的强烈期待，瞬间，他学习的目的就明确了。他从心里感恩那顿批评。

今日思悟 _____

_____

_____

今日践行 _____

_____

_____

_____

2 月 22 日

今日正能量微演讲 53：

让你的努力配得上你的潜力

每个人身上都蕴藏着巨大的潜力。但是，潜力不会自觉主动地变为现实生活工作中的巨大能力。这就需要一座桥，这座桥叫努力。

我们要全力以赴，竭尽全力地挖掘潜力，把我们蕴藏着的巨大潜力努力转化为工作、生活中的巨大能力，促进工作的开展，去创造健康、快乐、幸福、成功的人生，去为你所在的集体、国家、民族做出更多一些的努力。

努力加油吧！让我们的努力配得上我们的潜力，莫让潜力永远只是深埋在地下！

今日思悟 _____

_____

_____

_____

今日践行 _____

_____

_____

_____

_____

2月23日

今日正能量微演讲54：

让努力常态化

看我的一个学生班级群里，一名事业有成、一直坚持每天早上在班级群里发一条鼓励同学的微信的青年才俊发了这样一条微信："努力不需太多的仪式感，它应该是一种日积月累的习惯。真正的努力从不喧嚣，试着让努力常态化，你会看到新的自己和世界！"

青年才俊的观点，我甚是认同，立马大赞！

"试着让努力常态化""真正的努力从不喧嚣"，确实是的，努力的时候，肯定无须扯开嗓子大喊三声："我准备努力了啊！"努力也从来不应该是一时兴起，偶尔为之。

我曾跟同学们交流，在任何时候、任何情况下，你都没有不努力的权利，你所拥有的是只能是努力——永不停息地、脚踏实地地努力。

让我们都努力去做到"让努力常态化"吧。当然，我们也一定会因为我们的努力坚持，让努力成为像阳光、像空气，甚至是成为完全感觉不到它的存在——全然忘记自己是在努力——而又无时无刻不在努力的那种状态。

今日思悟 _____

_____

今日践行 _____

_____

2月24日

今日正能量微演讲55：

"做一个战士"

——高三百日誓师感想（1）

这几天，全国各地的高三学生都在进行着同样一个规模宏大、气氛热烈、声势浩大的活动——高考百日誓师大会。

参加同学们的高考百日誓师大会，你一定会被学生的万丈豪情深深地感染，被学生们洋溢的才情深深地打动，被学生的炽热激情浓烈地点燃。望着那场面，你可能会想起巴金先生的散文《做一个战士》。

战士是永远追求光明的……战士是永远年轻的……战士是不知道灰心与绝望的。他甚至在失败的废墟上，还要堆起破碎的砖石重建九级宝塔。任何打击都不能击破战士的意志……

战士是不知道畏缩的……他能够忍受一切艰难、痛苦，而达到他所选定的目标……

全国各地参加高考百日誓师大会的每一名同学，让我们做一个战士，去创造属于自己的荣光。

今日思悟 _____

_____

今日践行 _____

_____

2月25日

今日正能量微演讲 56:

青春的血就要炽热

——高三百日誓师感想（2）

高三同学百日誓师大会，有一个环节是班级挑战和班级宣誓。你会发现，宣誓的同学，无论是男生还是女生，都声音洪亮、感情真挚、激情饱满，让我们能够真切地感受到青春热血在炽热地燃烧……

"此时不搏何时搏？" "不苦不累，生活无味！" "不拼不搏，人生白活！" 青春的热血就是用来炽热燃烧的。让我们陪伴着燃烧青春热血的每一个高三学子，唤醒潜能，脚踏实地，绽放精彩，成就人生。

今日思悟 _____

_____

_____

_____

今日践行 _____

_____

_____

_____

_____

2月26日

今日正能量微演讲57：

与青春做伴

——高三百日誓师感想（3）

　　参加高三同学百日誓师大会，我禁不住被学生的万丈豪情深深地感染，被其洋溢才情深深地打动，被其炽热激情浓烈地点燃。我想到了四个字：年轻真好。

　　望着一个又一个青春飞扬的追梦青年，我又禁不住想，当老师真的是太幸福了，当高中老师尤其幸福。

　　"得天下英才而育之。"在同学们阳光向上、青春灿烂的大好年华，高中老师有幸与孩子一同追逐梦想，一起拼搏奋斗，一起相伴成长，这难道不是最快乐幸福的事吗？

今日思悟　_____

_____

_____

今日践行　_____

_____

_____

_____

2月27日

今日正能量微演讲58：

一颗心的距离

——高三百日誓师感想（4）

参加章丘四中高三学生的高考百日誓师大会，被学生的万丈豪情深深地感染，被其洋溢才情深深地打动，被其炽热激情悄悄地点燃。年轻真好！年龄上、生理上再也回不去青春的中老年朋友，完全可以在心理上、在干劲上、在拼搏奋斗中，让永远年轻的心态重新绽放。

其实，中老年人与年轻人的距离——并不遥远——也许，只是一颗心的距离。

那就尝试着去努力更为长久地拥有那颗年轻的心吧。加油！

今日思悟

今日践行

2月28日

今日正能量微演讲 59：

追求卓越，强者无敌

——高三百日誓师感想（5）

参加高三百日誓师大会，被同学们的万丈豪情深深地感染。写下下面的话，祝福高三的孩子们追求卓越、创造辉煌。

百日誓言铮铮在耳，耳畔轰鸣战鼓，鼓声阵阵，策马扬鞭，鞭策莘莘学子脚踏实地奋发进取。

万里梦想响彻云天，天际涌现虹霓，霓彩纷纷，群情昂扬，激励龙乡英才志向高远创造佳绩。

上下联各三十六字，祝福同学们一切顺利，心想事成，圆满成功，成功属于每一名同学——我们每一个人，加油。

今日思悟 _____

_____

_____

今日践行 _____

_____

_____

三月

养成受益终身的好习惯

3 月 1 日

今日正能量微演讲 60：

阳春三月，万物生发

"一年之计在于春"，阳春三月，万物生发，你准备好了吗？

一是，我们准备生发什么呢？我们是去生发新的梦想、新的目标、新的想法，还是继续完成过去的梦……

二是，我们准备如何去生发呢？按着原来的路子走能不能实现我们的梦想和目标？我们要实现梦想和目标又需要做哪些方面扎扎实实地突破？我们无论是在努力程度上、执行力度上，还是其他方面，都需要提到怎样高的水平呢？

今日思悟

_____

_____

_____

_____

_____

今日践行

_____

_____

_____

_____

_____

3月2日

今日正能量微演讲 61：

养成好习惯

英国作家萨克雷说，人生一世，总有些片段当时看似无关紧要，而事实上却牵动了大局。他提醒我们的也许就是即使是面对着看似无关紧要的人生片段，我们也要积极向上、阳光健康，时时处处做好充分的准备。

我们大部分都是常人——作为一名常人，我们可能更看不清楚、看不准确哪些片段是"看似无关紧要，而事实上在牵动大局"，就更加需要我们认认真真、踏踏实实地做好每一件事，走好每一步路，过好每一天，并让这些最终成为我们的习惯，成为我们的日常生活模式。

养成好习惯——这样做，虽然很累，但一定会让我们受益无穷。

今日思悟 _____

_____

_____

_____

今日践行 _____

_____

_____

_____

3月3日

今日正能量微演讲 62：

又是一年三月三

"又是一年三月三，风筝飞满天。牵着我的思念和梦幻，走回到童年……"为什么会走回到童年？走回到童年，会看到什么？会思念什么？会有怎样的梦幻？

走不回童年的我们，如何更好地保持一颗童心呢？

在这阳春三月，还是让我们走出室内、奔向室外，投向大自然，去静静地享受春日的暖阳，感受春风的抚慰，欣赏嫩芽的初绽……回到童年，去做一回孩子……

也许，这样的我们，就是那个保持着那颗童心的孩童了吧。

你说呢？还是敬请各位自己思考得出自己的答案吧。

今日思悟 _____

_____

_____

_____

今日践行 _____

_____

_____

_____

3月4日

今日正能量微演讲63：

成功者必备的特质——意志力

心理学家安吉拉·达科沃斯通过研究得出一个结论："我们发现有一个特质能够很好地预测成功。它不是社交能力，不是美丽的外貌，不是健康的身体，也不是智商，而是意志力。"

苏轼也讲过："古之成大事者，不唯有超世之才，亦必有坚韧不拔之志。"

让我们科学地制定目标，然后，朝着目标不断前进，用我们的顽强的意志力，去激励自己坚持到底，永不放弃。

我们坚信，我们在正确目标、正确方向前提下的顽强的意志力，一定会激励、引领我们走向成功。

今日思悟 _____

_____

_____

_____

今日践行 _____

_____

_____

_____

3月5日

今日正能量微演讲 64：

弘扬雷锋精神　做一个心地善良的人

今天——3月5日——学雷锋纪念日。让我们弘扬雷锋精神，做一个心地善良的人。

雷锋精神包含着"坚定的政治立场""钉子精神""勤俭节约，艰苦奋斗"等方面。雷锋精神源自雷锋心底的那份善良、大爱。

如果我们每个人都怀有那份善良、那份大爱，并且有足够的能力的话，我们就会像钟南山、李兰娟院士那样，用自己的深厚学养，做一个精诚大医——国家脊梁，撑起国家；如果我们每个人都怀有那份善良、那份大爱，并且还有一定的医学专业技能的话，我们就会像抗击疫情前线的白衣天使们一样，治病救人；如果我们每个人都怀有那份善良、那份大爱，即使我们做的是普通的工作，我们也应该，踏踏实实地当好一颗"螺丝钉"……

如果是我们每个人都有那份善良、那份大爱，这个世界一定是欢乐祥和美好的世界。

今日思悟 _____

_____

_____

今日践行 _____

_____

_____

3月6日

今日正能量微演讲65：

"迫不及待地把内容投掷上去"

梵高这样解释他的创作冲动，我一看到空白的画布呆望着我，就迫不及待地要把内容投掷上去。

培根说，深窥自己的心，而后发觉一切的奇迹在你自己。

莎士比亚说，那脑袋里的智慧，就像打火石里的火花一样，不去打它是不肯出来的。

这大约就是一个人走向成功的三个基本条件："深窥自己的心"，认识到自己蕴藏着巨大的潜能；用梦想和目标去打开"脑袋里的智慧"；扎扎实实地行动，面对着空白的画布，"迫不及待地把内容投掷上去"。

无论是伟人还是普通人，只要是有梦想、有动力、有行动，每个人都会迎着朝阳，不断前进！

今日思悟 _____

_____

_____

今日践行 _____

_____

_____

3月7日

今日正能量微演讲66：

三项重要能力

美国《华尔街日报》有个统计：93%的公司认为，有三项技能，比任何学历都重要。这三项技能是批判性思维、交流和解决问题的能力。

有了批判性思维，你就拥有了相对独立的思考，就不人云亦云，就能建立正确的认识，为解决问题打下正确的认识基础。

学会高效地交流。建立在尊重赏识前提下的沟通、交流，就能让别人接受你，进而接受你的观点。

解决复杂问题的能力。面对着你的工作、生活、学习中的一个又一个问题，你那一脑子解决复杂问题的能力，会让你得心应手。

今日思悟 _____

_____

_____

_____

今日践行 _____

_____

_____

_____

3月8日

今日正能量微演讲 67：

女同胞节日快乐

今天是三八妇女节，祝福普天下所有的女同胞节日快乐。

世界上赞美女同胞的诗句数不胜数，还是最喜欢冰心老人的那句话："世界上若没有女人，这世界至少要失去十分之五的真、十分之六的善、十分之七的美。"女同胞代表着真，代表着更多的善，代表着更多姿多彩的美。

男女同胞都要静静感受女同胞带给世界的真善和美好。当然，男女同胞尤其是男同胞更要为女同胞的真善和美好，积极主动地提供更多的阳光、空气、养料……

今日思悟 _____

_____

_____

今日践行 _____

_____

_____

_____

3月9日

今日正能量微演讲 68：

养成准备粮草的好习惯

早上，收到章丘四中初五级校友张其华先生的微信，请求学校帮助他寻找当年的老师同学。

到校、开机、寻找、拍照、发送……

一会儿，我就把所能够找到的初五级校友的材料发给他了，心情自是非常高兴。

我也稍微想了想，之所以能够较为快捷地找到并发送校友信息，这是前期校友信息联络的成果。若是没有前期校友们的辛勤付出，我又怎么能够做得到呢？

"手中有粮，心中不慌"，为了在任何事情上——尤其是工作、学习、生活中，都能够相对从容淡定、不慌不忙，我们是否应该多多准备好一些方方面面的"粮草"呢？

今日思悟 _____

_____

_____

今日践行 _____

_____

_____

3月10日

今日正能量微演讲 69：

闭上眼睛　向内观望

近日，我重读鲁迅先生的《藤野先生》，鲁迅先生在文中说：在我所认为我师的之中，他是最使我感激，给我鼓励的一个。

这里应该有这样几个意思：在我所认为我师的之中——也许可以理解为，并不是说所有教过我的都是我的老师；也许并不是说，没教过我的就不是我的老师；而是我有我自己的判定标准——我所认为我师。第二个意思是藤野先生是我所认为我师的之中，最使我感激，给我鼓励的一个。

作为一名老师，我们要养成闭上眼睛，向内观望的习惯。时不时地反省自身言行，我们是那个同学们"认为我师"的老师吗？我们是那个让学生感激，给学生鼓励的老师吗？

真诚地期盼着，我们每一名老师的回答都是肯定的！

今日思悟 _____

_____

_____

今日践行 _____

_____

_____

3月11日

今日正能量微演讲70：

"你"比看起来还要"懒"

看到一张图片，图片上写着"曾梦想仗剑走天涯，因太胖取消原计划"，感觉很幽默、很有意思且颇有同感。

我们何尝不是多少次梦想豪气冲天，多少次梦想纵横驰骋，多少次梦想侠客雄风……想了很多很多之后，我们何尝又不是因为"太胖""太瘦""太大""太小"等随随便便找一个自己能够坦然接受的原因，于是，心安理得地放弃原计划。而所有的那些看似外在的"太"，都是因为你不仅懒，而且事实上，比看起来还要"懒"。

今日思悟 _____

_____

_____

_____

今日践行 _____

_____

_____

_____

_____

3月12日

今日正能量微演讲 71：

植下积极健康蓬勃向上的种子

今天是植树节，"十年树木，百年树人"，最幸福美好的事情莫过于扛上树苗，拿上锹镐，迎着明媚阳光，伴着微暖春风，去挖坑、栽树、填土、浇水，让小树苗儿随着春风一起生长。

比亲自栽树次一点的幸福美好也许就是在心中种下蓬勃健康向上的种子，让这种子因你而得到足够的阳光、水分和养料，在你的精心呵护下，积极健康蓬勃向上地成长。

这样，无论是迎风而立的小树苗还是心中的种子，都会因我们而健康快乐幸福地成长，都会长成他应该成为的模样，都会成就一片他自己的绿荫，也会给他人带来清凉。

今日思悟 _____

_____

_____

今日践行 _____

_____

_____

3 月 13 日

今日正能量微演讲 72：

做一匹好马

"聚天下英才而用之，让更多千里马竞相奔腾。"

"不患无位，患所以立。"

我们每一个人，假如已经是千里马的自然要好好奔腾；具有千里马潜质的更要好好奔腾，练就本领，成为真正的千里马；普通马——当不了千里马的，切不可因为不是千里马而灰心丧气、妄自菲薄，只要认认真真，干劲十足，快快乐乐地当好自己，做好自己应该做的工作，不就是一匹健康、快乐、幸福又能够帮助他人、为社会有所贡献的好马吗？！

当然，我们每一个人都要坚决不做"害群之马"。

今日思悟 _____

_____

_____

_____

今日践行 _____

_____

_____

_____

3月14日

今日正能量微演讲73：

微笑每一天

1998、1999 年，我连续两年送文科复读班。

复读班的同学都是想通过复读，提高成绩，考取更好的学校，使自己拥有更美好的前程。而未来对于他们究竟如何，有相当一部分同学感到茫然、无助、焦虑，有时候急躁甚至狂躁……

"非静无以成学。"有一天早上，我在小黑板上写道："在所有的日子里，没有微笑的日子无疑是被浪费了的日子，每一个不曾起舞的日子都是对生命的辜负，这些都告诉我们要积极、阳光、快乐，充满正能量地面对生活，面对生命中的每一天。室外阳光明媚，心内阳光灿烂，让我们微笑着起舞吧！"连同这句话一起的是三个漫画小笑脸。

同学们都看到了这黑板，都看到了这笑脸，都读到了黑板上的粉色粉笔写的那段文字。

从那天起，小黑板成了同学们的每天必看处、情绪释放地、能量加油站。同学们读着上面的文字，总能够感受到积极阳光、蓬勃向上的正能量。

今日思悟 _____

_____

今日践行 _____

_____

3月15日

今日正能量微演讲 74：

毫不手软地打一下自己的 "假"

今天是 "3·15"，是消费者权益保护日，也称为 "打假日"。

便想，咱们小时候的梦想，现在立下的梦想，包括高考的梦想和毕业十年、二十年、三十年的梦想，又有多少梦想属于 "假" 梦想。

一切没有用自己实实在在的努力去拼搏、去奋斗、去争取真正实现，只立梦，没有 "追梦"，更难得 "圆梦" 的所谓梦想，都可以称为 "假" 梦想。反之，为了梦想的实现，付出了努力、付出了拼搏、付出了汗水，始终前进在 "追梦" 路上，哪怕最后没有 "圆梦"，没有实现梦想，我们也会问心无愧，而这样的梦想无疑是值得尊敬的 "真" 梦想。

让我们毫不手软地打一下自己的 "假"，让我们不再是 "假" 梦想的拥有者，让我们为了 "真" 梦想努力奋斗，祝愿我们每一个人都因为努力拼搏而 "美梦成真"。

今日思悟 _____

_____

今日践行 _____

_____

3 月 16 日

今日正能量微演讲 75：

心底深处的良心

昨天是 3 月 15 日，消费者权益保护日。

需要我们思考的是，之所以"打假"是因为"有假"，之所以"有假"是因为有人"做假"，之所以有人"做假"是因为"做假"符合他的价值观、财富观、利益观。所以，从根本上来讲，杜绝假货首先源于心底深处的良心——心底深处的良心好一点，坚决不做假了，那就从根本上杜绝了。

我们要通过各种努力使尽可能多的人不做假。正如好人是不能做坏事的，因为他过不了自己良心那一关。让生产假货者过不了自己的良心那一关，也许这只是我们善良者的一个"梦"，但只要是我们每一个人都去努力用善良感染自己、感染身边的人，造假就不会存在。

今日思悟 _____

_____

_____

今日践行 _____

_____

_____

_____

3 月 17 日

今日正能量微演讲 76：

"人有善，虽千里吾求之"

"人有善，虽千里吾求之"，这是一代伟人毛泽东向人讨教的具体行动。

"三人行，必有我师焉。"一代伟人，博学多识，仍然对知识充满渴望、孜孜以求，我辈理应努力学习、踏实践行。

有时候，面对"有善"之人，想去"千里求之"，但由于种种原因，而没有去做，就会留下很多遗憾。真诚地告诫各位，"人有善，虽千里吾求之"。不要停留在嘴上，要落实在实际行动上。与诸君共勉。

今日思悟

_____

_____

_____

_____

今日践行

_____

_____

_____

_____

3月18日

今日正能量微演讲 77：

底线的"底"到底在哪儿

我常陷入思考：底线的"底"到底在哪里？

制药的厂家可以制不好药，但起心动念，就要定位在"好好制药"；看病的医生可以看不好病，但起心动念，就要定位在"好好看病"；教书的老师，可以教不好书，但起心动念，就要定位在"好好教书"；饭店、酒店的大厨，可以做不好饭，但起心动念，就要定位在"好好做饭"……各行各业的人，起心动念，都要定位在实实在在地把所做的工作去"好好做"。只要是实实在在地去"好好做"，就一定能够"做得好好的"；即使做得不太好，也会因为是"好好做"的，不会坏到哪里去。做任何事情的起心动念源自我们的良心，良心就是我们的道德底线，做任何事情之前，拍着胸脯，问问自己的良心吧！

今日思悟 _____

_____

_____

今日践行 _____

_____

_____

_____

3 月 19 日

今日正能量微演讲 78：

坚守人性底线，固守负面清单

这段时间，一直在想，并不是每一个人都会成为"高大上"的人，也并不需要每个人都成为伟大的英雄。但是，我们每一个人都必须坚守住人性的底线，固守住人性负面清单。

那人性的底线到底在哪儿？人性负面清单到底又包含着哪些方面呢？

想来想去没有任何结果，但是最基本的应该包括这样几个方面：在和平年代、非动乱时期，不违法、不犯罪；不危害社会；任何情况下不危害、不欺负他人；不违反所处团体和单位的纪律、秩序……

正如一开始所言，做到了这些方面，我们成不了"伟人"和"英雄"，但是，这样去做的时候，我们肯定是最基本的一个人。当然，我们还要具备仁义、善良、正直、勇敢、责任、担当等闪耀着人性光辉的优秀品质。

今日思悟 _____

_____

_____

今日践行 _____

_____

_____

3月20日

今日正能量微演讲79：

愿人性的底色是正直和善良

昨天的正能量，写的是《坚守人性底线，固守负面清单》，那样，会确保我们做一个不危害他人、不危害社会的最基本的人。

人，在做到了那些之后，还是要努力有更高层次的追求，我的理解是，让我们人性的底色是正直和善良。

正直就是要不畏强势，不凌弱势，敢作敢为。这样，我们就能够坚持正道，就有勇气坚持自己的信念。

善良是指心地纯洁，纯真温厚，没有恶意，和善，心地好。这样，我们就会成为一个温厚和善的人。

真诚祈愿我们每个人人性的底色是正直和善良。

今日思悟 _____

_____

_____

_____

今日践行 _____

_____

_____

_____

3月21日

今日正能量微演讲 80:

更多、更柔、更亮、更温暖的光

春节假期,参加三十年前的学生聚会。学生们大都已四十多岁,正是年富力强、风华正茂、家庭幸福、事业有成的灿烂时期。同学们也大都经历了生活磨砺,感受到了世事沧桑。

跟当年的同事、同学们聊天,师生情谊,快乐欢畅……

在谈到所面对的种种世俗的现实生活时,由于每个人的生活不同、环境各异,自然对生活的理解不同,见解有别。我说:"无论你认为眼前怎样苟且,无论你认为你看待世事多么洞明,无论你感觉你已经多么不惑,无论怎样……我们还是在起心动念处要怀有梦想,心地善良,要有诗与远方……如此,你的生活也许会有更多、更柔、更亮、更温暖的光。"

今日思悟 _____

_____

_____

_____

今日践行 _____

_____

_____

_____

3月22日

今日正能量微演讲 81：

向孟锦程小朋友学习

第一次见孟锦程是四中组织辩论赛，小学三四年级学生样子的他跟着妈妈来观看比赛，坐在角落里安安静静、专心致志。

十几天后得知，他在班级里组织了一场辩论赛，从辩题选定、辩手选拔，到活动组织、程序设计，再到赛后点评等有模有样，甚是成功。我不由得佩服起来。

昨天晚上，学校邀请章丘法院赵京朝博士来校做报告，再次见到了孟锦程同学，赵博士讲了两个半小时，孟锦程端端正正、认认真真地听了两个半小时。我不由得更加佩服。

一般理解，一个小学生，来高中学校看辩论赛，学习学习，已经非常不错了，然而，他不仅看，并且立即行动，组织比赛，说明他是一个善于学习、敢于行动的孩子。来认认真真地听博士报告，说明他是一个努力学习、不断追求新的进步和成长的孩子。向这样的孩子致敬，向孟锦程小朋友学习。

今日思悟 _____

_____

_____

今日践行 _____

_____

_____

3月23日

今日正能量微演讲 82：

良好的教养从娃娃抓起

外出，高铁上的一幕让人感动：一个四五岁的小男孩跟妈妈和妹妹（妈妈抱着妹妹走在后面）要去前面车厢，与卖东西的小推车相遇了，需要互相让一下才能通过。通过时，男孩对贴在边上的推小车的叔叔说"谢谢叔叔"，说得非常亲切自然，能够看出这种行为于他已经是一种良好的、自觉的习惯。

卖东西的叔叔也很感动，等他们返回再次相遇的时候，叔叔说："孩子，这么乖，送你一个小礼物。"孩子接过叔叔的小礼物，说"谢谢叔叔"，转身把礼物送给了妹妹。

懂礼貌，有教养，懂得关心他人，这对于一个四五岁的孩子来讲，确实不是天生的，而是长期培养的结果，而这又会引发我们怎样的思考和行动呢？

今日思悟 _____

_____

_____

今日践行 _____

_____

_____

3月24日

今日正能量微演讲83：

享受自律

昨天，几个朋友跟一名刚上大学的同学聊天。其中，一朋友对青年学生说："要享受自律。"一般情况下，我们严格要求自己，努力克服困难，做到自律，已经是难能可贵了。我们知道，自律是一切成功的起点，那么，发自心底地享受自律则是一种人生的高境界和大智慧。

把读到的一段关于自律的话，抄录于下。

自律是一种信仰，管好自己的目标；

自律是一种自省，管好自己的言行；

自律是一种自警，管好自己的时间；

自律是一种素质，管好自己的习惯；

自律是一种自爱，管好自己的情绪；

自律是一种觉悟，管好自己的心态。

从今天起，让我们努力做到自律，并进而去享受自律。

今日思悟 _____

_____

今日践行 _____

_____

_____

3 月 25 日

今日正能量微演讲 84：

还记得当年的那个"光盘行动"吗

"光盘行动"自 2013 年由热心公益的人士发起，倡导厉行节约，反对铺张浪费，带动大家珍惜粮食、吃光盘子中的食物，得到民众的支持，成为当年"十大新闻热词""网络热度词汇"以及"最知名公益品牌"之一。

八年了，餐厅不多点、食堂不多打、厨房不多做，这种情况正在逐步形成，还是早已被人们淡忘了呢？具体到我们每一个人，我们又到底做得如何呢？

"一粥一饭当思来之不易，半丝半缕恒念物力维艰。"让"光盘行动"再次走进我们的生活，不要为了"面子"而浪费粮食，不要为了"表达盛情"而浪费他人劳动和社会资源，让我们从当下做起，从自身做起，从每一餐做起，做一个脸上平静快乐、心怀感恩、阳光幸福的"光盘行动者"。

今日思悟 _____

_____

_____

今日践行 _____

_____

_____

3月26日

今日正能量微演讲85：

人人遵守交规，个个珍爱生命

惊闻一名初中学生因一场车祸失去了生命。鲜活生命被碾压，花季少年瞬间凋零，温馨家庭塌了天……

统计资料显示，近年来，我国道路交通事故降幅明显，但依然高发。遏制道路交通事故高发，降低交通事故伤害仍任重道远。

无论你是行人还是司机，只要你在路上，都要认真遵守交通规则。尤其是大货车司机，因为一旦违规，造成的危害往往是巨大的。

总之，为了自己，也为了他人，让我们人人遵守交通规则，个个珍爱生命。

今日思悟 _____

_____

_____

_____

今日践行 _____

_____

_____

_____

3月27日

今日正能量微演讲 86：

多存好"本钱"

学校组织体检，听几个三十岁左右的年轻教师聊天。

"嗨，'三高'有'两高'了，需要好好锻炼了。"

"嗨，我也脂肪肝了，准备锻炼减肥了。"

身体是革命的本钱。

想起前几天，跟一校友、资深中医专家聊天，他说，一定要好好锻炼，从小把身体锻炼得好好的，这样就相当于往身体里面存了最重要的本钱。这样，将来在工作和生活中，即使是面对着特别困难艰苦的工作和生活，也会因为有足够的本钱，得以支撑。

无论少年、青年、中年还是老年，都让我们存好健康的本钱，也许只有这样，才会有丰富的生活，才会有更高的生活质量和生活品位，才会有更高的幸福指数吧！

今日思悟 _____

_____

今日践行 _____

_____

_____

3月28日

今日正能量微演讲 87：

去锻炼吧

曾有一文指出，运动能改变大脑，只要很单纯地去活动你的身体，就能对你的大脑产生立即、持久、具有保护作用的益处，且持续一生。

撇开运动提高成绩不提，单就运动能提高身体素质，锻炼人顽强拼搏、克服困难的精神和毅力，就需要我们切实加强体育运动。

蔡元培说："殊不知有健全之身体，始有健全之精神；若身体柔弱，则思想精神何由发达？或曰，非困苦其身体，则精神不能自由。然所谓困苦者，乃锻炼之谓，非使之柔弱以自苦也。"

卢梭说："为了使他有坚强的心，就需要使他有结实的肌肉；使他养成劳动的习惯，才能使他养成忍受痛苦的习惯；为了使他将来受得住关节脱落、腹痛和疾病的折磨，就必须使他历尽体育锻炼的种种艰苦。"

体育育人，从自己和当下开始，动起来吧。

今日思悟 _____

_____

_____

今日践行 _____

_____

_____

3月29日

今日正能量微演讲 88：

三个词成就伟业

　　去拜访一位老首长。当我询问他，如何更好地与人相处，如何更好地把工作做好，如何取得更优异的成绩时，老首长语气舒缓，面含微笑，仅淡淡地说了三个词："与人为善""助人为乐""成人之美"。听闻至此，我瞬间被老首长的善良本性、高尚境界深深地感染。

　　"与人为善"是基础，是他生命的底色，体现的是他的人品；

　　"助人为乐"是修为，是他生命的常态，展现的是他的人品；

　　"成人之美"是境界，是他的人生格局，显现的是他的人格。

　　正因如此，才成就了他不平凡的伟业吧。

今日思悟　_____

_____

_____

今日践行　_____

_____

_____

3月30日

今日正能量微演讲 89：

耀眼的光芒

世上有两种最耀眼的光芒：一种是太阳；一种是我们努力的模样。

全体同学又返回学校，校园又重现生机勃勃、青春飞扬、豪情万丈，又会见到同学们努力拼搏、阳光健康、积极向上的模样……

今天的太阳是光芒万丈，还是娇羞半面，抑或是深藏云层？……这不是由我们每个人的主观意志所决定的。但是，那最耀眼的另一种光芒——我们努力的模样，却一定是由我们的梦想、目标、境界、胸怀等所决定的。当然，即使同是努力，也有着尽力而为、全力以赴、尽心竭力、竭尽全力等不同的努力程度。

敬请同学们记得，珍惜光阴，努力奋斗吧，你努力的样子，就是最耀眼的光芒。

今日思悟

今日践行

3 月 31 日

今日正能量微演讲 90：

"你的最大责任是把你这块材料铸造成器"

易卜生说："你的最大责任是把你这块材料铸造成器。"

我个人认为，"把你这块材料铸造成器"的前提是，认真分析自己是一块什么"材料"，这一定要从实际出发，根据自己的兴趣、爱好、性格、特点等，然后在全面准确地自我分析的基础上，找准自己将来要成为一个怎样的"器"。

接下来，就是异常艰苦的"铸造"过程了。无疑，在这一过程中，每个人都会碰到这样或那样的困难和问题，也一定要历经千锤百炼，熬过千难万险，肯定会很苦很难。但是，正因为其难其苦，才真正展现"成器"的价值和意义。再说，又有哪一件真正的"器"，不是咬定青山、千锤百炼得来的呢？

今日思悟

今日践行

四月

最美人间四月天

4月1日

今日正能量微演讲 91：

在最美的四月做最好的自己

"最美人间四月天"，在最美的四月做最好的自己。

四月之美，也许美在春光明媚，美在温度适宜，美在鲜花烂漫，美在绿意葱葱，美在生机盎然，美在生命勃发，也许更美在身心与环境的和谐而产生的幸福和愉悦……

在最美的四月，如何去做最好的自己呢？确立自己和团队的四月目标，制订四月科学可行的计划，每天早上信心十足地开始新一天的工作，晚上"三省吾身"，检查自己一天的工作、学习情况，工作计划是否完成，学习计划是否落实，明天又将怎样改进，等等。

让我们面带微笑、满怀温暖、脚踏实地地行走在最美的四月里，努力做最好的自己，这样，我们就绝不会辜负这"最美的四月天"。

今日思悟 _____

_____

今日践行 _____

_____

_____

4月2日

今日正能量微演讲 92：

"读书、思考，是最好的精神化妆"

"人是一棵有思想的芦苇"，我们应当积极思考，使我们的思考更加努力地接近本质。

"读书，思考，是最好的精神化妆。"这两天，毕业同学回母校交流座谈的很多，见到了很多过去的学生，化了淡淡的妆，端端正正地坐在老师面前，跟高中时的青涩相比，气质风采显得截然不同，我想除了那个淡淡的妆，更更重要的可能是精神上的化妆吧——读书、思考是更重要的精神化妆，你说是吗？

今日思悟 _____

_____

_____

_____

今日践行 _____

_____

_____

_____

_____

4月3日

今日正能量微演讲 93：

怀揣梦想和诗行，一路前行

章丘四中"清照故里　曲韵词风　诗意校园　精彩人生"第四届诗歌艺术节在学校运动场隆重举行。

整个活动通过班级诵读、级部初选、学校选拔、节目联排、实地彩排等诸多环节，最后近三十个节目参加展演，给全校师生献上了一场精彩的文化盛宴。

我更加看重的是第一环节的班级诵读，在这一环节，人人感受诵读的魅力，个个领略诵读的妙趣。通过这一环节，促使更多的同学爱上诵读、爱上读书；使更多的同学脚踏实地、仰望星空；使更多的同学怀揣梦想和诗行，谱写人生最美篇章。

今日思悟

今日践行

4月4日

今日正能量微演讲 94：

各美其美

清明，中国人的感恩节，感恩先人，缅怀英烈，不忘初心，砥砺前行。

清明诗中以唐代杜牧的诗最为流行吧：

　　清明时节雨纷纷，路上行人欲断魂。

　　借问酒家何处有？牧童遥指杏花村。

有人把杜牧的清明诗改为词，也别有一番韵致：

　　清明时节雨，纷纷路上行人，欲断魂。借问酒家何处？有牧童，遥指杏花村。

各位亲，清明节安康。

今日思悟 _____

_____

_____

_____

今日践行 _____

_____

_____

_____

4月5日

今日正能量微演讲95：

每天"三省""四问"

曾子曰："吾日三省吾身，为人谋而不忠乎？与朋友交而不信乎？传不习乎？"意思是：我每天多次反省自己，为别人办事是不是尽心竭力了呢？同朋友交往是不是做到诚实可信了呢？老师传授给我的学业是不是复习了呢？

1942年7月20日，育才学校三周年纪念会上，陶行知先生发表了一篇讲话，题为"每天四问"。陶先生让育才学校的师生员工每天问自己四个问题——第一问：我的身体有没有进步？第二问：我的学问有没有进步？第三问：我的工作有没有进步？第四问：我的道德有没有进步？

柏拉图曾说："内省是做人的责任，人只有通过自我内省，才能实现美德和道德。"

一个拥有自省力的人，是一个强大的人；一个拥有自省力的民族，是一个伟大的民族。让我们每天"三省""四问"，叩问良心，我们做到了吗？

今日思悟

今日践行

4月6日

今日正能量微演讲 96：

合上手机，开始读书吧

但丁说："我在悲痛时想在书中寻找安慰，结果得到的不仅是慰藉，而且是深深的教诲，就像有人为了寻找银子，竟然发现了金子一样。"

我们要问自己的是，今天的我确实坚持认真读书了吗？是否有时候我们也会摇着自己的头，怯怯地说"我今天真的没有读几页书"。

那就合上手机，抛开杂事，拿起书本，翻开书页，开始吧。

今日思悟 _____

_____

_____

_____

今日践行 _____

_____

_____

_____

4月7日

今日正能量微演讲 97：

没读那么多书，何谈气质高雅

听章丘融媒体中心宋玉老师朗诵的《青听》栏目文章，被其中一句"没读那么多书，何谈气质高雅"震撼了。

"腹有诗书气自华"，是的，但是这句"没读那么多书，何谈气质高雅"，这样反问，是不是反而更觉震撼？

厚德载物，是的，但是——"没有那样的大德厚德，又如何承载起那么多的任务、担当、声名？"这样反问一下，是不是反而更令人深思？

反问本身的作用就是加强语气、增强感情……让我们在接下来的学习生活中，经常性地反问一下自己吧，给自己以震撼、以惊醒、以醍醐灌顶，然后去进步、去成长。

今日思悟 _____

_____

今日践行 _____

_____

_____

4月8日

今日正能量微演讲 98：

"不要停止读书"

人的一生可以干很多蠢事，但最蠢的两件事千万别干，那就是：拒绝读书，忽视灵魂；拒绝运动，忽视健康！

真正有学问的人，往往谦逊，不会逢人就教；真正有财富的人，往往低调，不会逢人就炫；真正有德行的人，往往慧心，不会逢人就表；真正有智慧的人，往往圆容，不会显山露水；真正有品位的人，往往自然，不会矫揉造作；真正有修为的人，往往安静，不会争先恐后。

比尔·盖茨说，你直到停止读书，才真的开始变老。每本书都会教给我们一些新东西，或者帮我们以不同的眼光看待事物。

今天白天已经过去了，利用晚上时光，拿出一点时间，看点书，来，让我们开始吧。

今日思悟 ＿＿＿＿＿＿＿＿＿＿＿＿＿＿＿＿＿＿＿＿＿＿

＿＿＿＿＿＿＿＿＿＿＿＿＿＿＿＿＿＿＿＿＿＿＿＿＿＿＿

＿＿＿＿＿＿＿＿＿＿＿＿＿＿＿＿＿＿＿＿＿＿＿＿＿＿＿

今日践行 ＿＿＿＿＿＿＿＿＿＿＿＿＿＿＿＿＿＿＿＿＿＿

＿＿＿＿＿＿＿＿＿＿＿＿＿＿＿＿＿＿＿＿＿＿＿＿＿＿＿

＿＿＿＿＿＿＿＿＿＿＿＿＿＿＿＿＿＿＿＿＿＿＿＿＿＿＿

4月9日

今日正能量微演讲 99：

"好书是伟大心灵的富贵血脉"

"好书是伟大心灵的富贵血脉。"这是英国文学史上六大诗人之一，《失乐园》的作者弥尔顿的一句话。

那如何珍惜时间，把没有读完的那本好书读完，为我们的心灵增添新的血液和营养呢？可以肯定的是读书需要时间，那就需要我们合理地调配好时间，减少一些不必要的应酬，合理利用零碎时间。根据自己的实际情况，从自身实际出发，忙里偷闲，加班加点，把那本自己喜欢的好书读完，作为送给自己的最美的礼物。

今日思悟

今日践行

4月10日

今日正能量微演讲100：

大千世界，浩瀚书籍，学会选择，受益终身

昨天下午，因为找材料，我到校图书馆和学校旁边的书店转了一圈。

面对着一个个书架、一本本书，我禁不住想：若是没有选择地一本本地看，即使是随便翻翻，也会用去非常多的宝贵时光，这还是仅仅一个中学的图书馆，一家小小的书店……面对着浩如烟海的一本又一本的书，我们最重要的也许应该是首先要学会选择，根据自己的专业、兴趣、爱好等，选择好自己的阅读书目，这肯定要包括你所学专业、所从事领域的经典和前沿之书，这是立身之本；要选择兴趣、爱好方面的经典书籍，这是乐趣所在；要读一点无用的杂书，做到博览群书；还要学会选择阅读的方式，至少应该注意精读和泛读结合吧。

大千世界，浩瀚书籍，学会选择，受益终身。

今日思悟 _____

_____

今日践行 _____

_____

4 月 11 日

今日正能量微演讲 101：

一顿饭钱买别人一辈子的心血，值

"知乎"上有一则问答，虽然有点答非所问，但回答的内容非常精彩：阅读对人的影响有多大？一顿饭钱，就可以买到别人可能一辈子的心血。嗯，值钱的买卖。

不可否认，有人写书很快，不长时间就能出一本书，一年能出很多书；但是，大部分人可能穷其一生也写不了一两本书，说这一两本书是作者一辈子的心血并不为过。

开卷有益，但是，读书就要找各行各业的顶尖高手写得最好的书，这样能使我们尽快地找到正确的方向、科学的方法、前沿的思考、远方的榜样……这样就能更好地激励我们踏实前行，不断成长。

无论怎样，一顿饭钱买别人一辈子的心血——那一本书，值！那就让我们翻开书页，开始享受他人一辈子的心血吧。

今日思悟 _____

_____

今日践行 _____

_____

4月12日

今日正能量微演讲102：

曾国藩读书"三贵"

曾国藩是清末的"中兴四大名臣"之一，他一生恪守"立德、立功、立言"的古训，成了中国历史上的一代大儒。

曾国藩读书强调"三贵"：一贵恒；二贵勤；三贵专。

无论是谁，无论何时，只要具备这"三贵"，就应该能够取得应有的成绩和成就吧。

当代青年学生，是祖国的未来、民族的希望，我们更要在学习、生活中，做到"三贵"，努力成长为担当民族复兴大任的时代新人。

今日思悟 _____

_____

_____

_____

今日践行 _____

_____

_____

_____

_____

4 月 13 日

今日正能量微演讲 103：

你们将来走进书里去吧

一天下午转校园时，发现两个上体育课的高三女生在指指点点并不时地耳边细语，隔着玻璃看学校的校史实物展馆。我走过去："想看看吗？进去看看吧。"两个女生瞪大了眼睛："真的吗？"

我拿来钥匙，打开门，两个女生非常欣喜地跑进去看校史展了。一会儿她们看完了，我又拿来两本书，说："送给你们的。"女生又是大大的惊讶。送给她们的是《天南地北章丘人》，她们接过书，我说："你们将来走进书里去吧。"

送走她们，心里禁不住温暖欣喜。一件小事，激励他人，娱悦自己。

今日思悟 _____

_____

_____

今日践行 _____

_____

_____

_____

4月14日

今日正能量微演讲104：

"寻找一种有难度的乐趣"

在谈到阅读时，当代美国著名文学批评家哈罗德·布鲁姆批评专业和功利主义的阅读风气，他鼓励学生为自己而阅读：我们不仅仅是为了更好地认识自己、认识他人、认识世界本来的样子，阅读最强烈、最真实的动机应该是"寻找一种有难度的乐趣"。

啥是"有难度的乐趣"？也许每个人有每个人不同的看法，你的看法是啥？你又准备如何去寻找呢？让我们去思考，去努力寻找，去因为这"有难度的乐趣"，而更好地成长。

今日思悟 _____

_____

_____

_____

今日践行 _____

_____

_____

_____

4 月 15 日

今日正能量微演讲 105：

悦目、赏心、牵魂

讨论四中新校区学校文化景点设计方案，大都不甚满意。

因此，我讲了一个过去看到的小故事，引发大家思考——如何评价一幅画之好坏？一般情况下，可从三个方面考虑：悦目、赏心、牵魂。

当然，随着时间的推移、自身的提升，要达到悦目、赏心、牵魂，会越来越难，但只有真正打动人心、牵动心魂的作品，才可能是一件好作品。一直往下想，一件作品如此，作为一个人是否是也有"悦目、赏心、牵魂"这三个不同的阶段和境界呢？

"悦目、赏心、牵魂"，也许就是我们要努力追求的境界吧，无论是对于他人还是对于我们自己。

今日思悟 _____

_____

_____

今日践行 _____

_____

_____

_____

4月16日

今日正能量微演讲106：

职业学习者

有同学转来一份中央戏剧学院戏文系书单，包括中外戏剧经典必读书428本，选读书208本，还要写出1500字左右的读书笔记。

"读书破万卷，下笔如有神。"没有广博精深的职业学习功底，很难成长为各自领域未来的专业人才吧。作为一名职业学习者（个人理解为博士之前的在校学习的学生），应当好好努力，把学习当成自己的职业，打牢自己方方面面的基础。

这也在启发我们每一个职业工作者，若读书时节没有经历过那个异常艰难困苦而又天天进步成长的职业学习过程，那就从现在——此时此刻开始吧。

今日思悟 _____

_____

_____

今日践行 _____

_____

_____

4月17日

今日正能量微演讲107：

从短信、微信里读到你的笑声

短信、微信的交流在我们每个人日常交流中重要且频繁。

那如何编写和回复短信、微信才能实现更好、更高效的沟通呢?

举例如下：你发出一个布置任务的短信或微信之后，会有以下两种情形——收到回复和没有收到。

收到回复又可能会有以下几种回复内容：1. 收到（只是说明了短信是否收到，并没有表明自己的态度）；2. 好吧（表明了自己的态度，给人感觉多少有点无可奈何的意思）；3. 好的（较好地表明了自己的态度）；4 好的，立即落实（完全表明了自己的态度）。这几种回复方式，给人的感受一定是不相同的。

让我们关注细节，让我们的沟通更高效，让我们在短信、微信里读到你的笑声。

今日思悟 _____

_____

_____

今日践行 _____

_____

_____

4月18日

今日正能量微演讲108：

"不管不问"与"静待花开"

友人养了几盆小花，蓬蓬勃勃地生长着。他的养花主张是"只问耕耘，静待花开"。

到他家里去，看他给小花通风、浇水、施肥……身心悠闲地忙碌着。

我问："静待花开还需要这么麻烦吗？"

"你认为静待花开是不管不问吗？"

静待花开是一种不问收获，只问耕耘的人生态度；静待花开是面部表情的阳光微笑，是内心深处的优雅从容。而这肯定与"不管不问"没有任何关系。

因此，需要我们引起注意的是打着"静待花开"的幌子，做着"不管不问"的事，还期盼着花儿早日绽放的人。

哪有"不管不问，静待花开"，只有"不管不问，爱开不开"。

今日思悟 _____

_____

_____

今日践行 _____

_____

_____

4月19日

今日正能量微演讲109：

"最美四中四月天"

这两天章丘四中高一、高二举行"春季体育运动节""诗歌艺术节""阅读朗诵节"，高三的学生们在考试。运动场上有活力四射、激情澎湃的运动员，观众席上有摇旗呐喊、加油助威的观众；诗歌艺术节上，人人感受诵读的魅力，个个领略诵读的妙趣。这一阶段促使更多的同学爱上诵读、爱上读书，使更多的同学脚踏实地、仰望星空，使更多的同学怀揣梦想和诗行，谱写人生最美篇章。高三楼上静静读书、安心做题的高三学子……

"各美其美"，他们——每一个四中学子，构成了章丘四中最美的四月天。

今日思悟

_____

_____

_____

_____

今日践行

_____

_____

_____

_____

4月20日

今日正能量微演讲110：

书为至宝　德是良田

近日，我到潍坊昌邑一中参观学习。其校园面积之大，建筑之宏伟，在中学中应该是比较突出的了，用昌邑一中人的说法，就是要打造成昌邑的地标性建筑。然而，真正打动我的是一副对联：

　　书为至宝一生读，

　　德是良田万世耕。

让我们以书为宝，天天亲之近之，同时也让我们不用天天大谈道德，踏踏实实地努力去做个良心上过得去的常人和好人，在此基础上再努力提升道德修养的境界、层级。

"书为至宝，德是良田。"让我们勤奋读书，让我们耕耘品德，加油！

今日思悟

_____

_____

_____

今日践行

_____

_____

_____

_____

4 月 21 日

今日正能量微演讲 111：

"最中国"的学校

我到苏州开会，参观苏州十中。

苏州十中被外界评价为"最中国的学校"。

漫步十中校园，你会感受到她"最中国"的魅力，"诚、朴、仁、勇"的校训和"质朴大气、真水无香、倾听天籁"的校园文化精神已经物化在一草一木、一砖一石上，已经物化在学生们的一言一行上。

这样一所"最中国"的学校，给我们以怎样的启发呢？我们又如何在我们每一天庸常的日子里，努力去追求"质朴大气、真水无香、倾听天籁"的境界呢？

今日思悟 _____

_____

_____

_____

今日践行 _____

_____

_____

_____

4月22日

今日正能量微演讲112：

养天地正气，法古今完人

我到苏州大学开会，参观苏大校园。

印象最为深刻的是苏大的校训：养天地正气，法古今完人。无论是其诗性语言的对仗、表达形式，还是意蕴深远的内容都浸润着浓厚的中国气息，彰显着中国文化，传承着中国精神。

站立在校训前，也许我们应该静静思考的是哪些是天地正气？我们应该如何去"养"？古今完人有着怎样的高度和境界？我们又该如何去"法"？

踏踏实实去践行吧，让我们养天地正气、法古今完人。

今日思悟 _____

_____

_____

_____

今日践行 _____

_____

_____

_____

4 月 23 日

今日正能量微演讲 113：

"享受阅读的乐趣"

1995 年，联合国教科文组织宣布 4 月 23 日为"世界读书日"。4 月 23 日是西班牙著名作家塞万提斯和英国著名作家莎士比亚的辞世纪念日。

1996 年开始为第一个世界读书日。

世界读书日的主旨宣言为："希望散居在全球各地的人们，无论你是年老还是年轻，无论你是贫穷还是富有，无论你是患病还是健康，都能享受阅读的乐趣，都能尊重和感谢为人类文明作出巨大贡献的文学、文化、科学思想大师们，都能保护知识产权。"

今天一定抽个时间，静下心来，翻开书页，开心享受阅读的乐趣吧。你一定会因为今天的阅读而更加快乐、平和、幸福……

今日思悟 _____

_____

_____

今日践行 _____

_____

_____

_____

4月24日

今日正能量微演讲114：

善于学习

我去拜访一青年企业家，这位企业家英俊潇洒、质朴善良。

我询问他如何取得今天的成就，他说他最大的优势是善于学习，尤其是对于中央文件政策的学习，可以说是学习得非常及时、准确、透彻、到位。由于对政策学习得好，就能够很好地用政策，来较为超前地谋划企业的发展规划和路径，来搞好自己的企业。

确实如此，大凡成功者，都需要有对大势的准确理解和把握。而对大势理解和把握的最好方式，应该就是对中央文件的认真学习和领会吧。

今日思悟 _____

_____

_____

_____

_____

今日践行 _____

_____

_____

_____

_____

4月25日

今日正能量微演讲115：

学须静也

近日参加会议，有幸聆听著名教育家佐藤学先生的演讲，其中，他讲道：中国的某些课堂太闹了。

的确如此，"某些课堂太闹了"，太闹的课堂被表面上的轰轰烈烈、热热闹闹——虚假繁荣——掩盖了浅层的浮于表面的思考——没有进行深度学习、深入思考。

诸葛亮写给他八岁儿子的《诫子书》曰："夫君子之行，静以修身，俭以养德。非淡泊无以明志，非宁静无以致远。夫学须静也，才须学也。"

《大学》曰："知止而后有定，定而后能静，静而后能安，安而后能虑，虑而后能得。"

学者周国平先生说："人生最好的境界是丰富安静，安静是因为摆脱了外界浮名浮利的诱惑，丰富是因为拥有了内在精神世界的宝藏。"

无论是老师或是学生，抑或是从事着其他工作，让我们努力保持安静，深入思考……

今日思悟 _____

今日践行 _____

4月26日

今日正能量微演讲116：

静的力量

漫步校园，蓝天白云，微风和畅……感受静美的力量！

老师、同学们在上课，偌大的校园里静悄悄的。望山湖的湖水如一面镜子——"看山水底山更佳，一堆苍烟收不起"，湖里的鱼儿，在蓝天白云下，各自随心地游着……生长着金黄叶子的挺拔的大树、略微枯黄的地下的小草……一切都是那样的静。

不用查阅字典，你就会说出很多关于静的词语：平静、宁静、雅静、娴静、沉静、恬静、文静、淑静、柔静、静雅、静碧、静姝、静美、静畅、静宁、静心……这些词，只是想想，便感觉每一个都那么静、那么美！

"心静则明""静能生慧"，静不仅仅是美，更是一种伟大的力量。周国平说："宁静不声不响，却有一种伟大的力量！"

静的美好——你感受到了吗？静的境界——你追求了吗？静的力量——你拥有了吗？

今日思悟 _____

_____

_____

今日践行 _____

_____

_____

4月27日

今日正能量微演讲 117：

默默扎根

看过一幅漫画，说的是人努力是会上瘾的，尤其是在看到成绩之后。

的确如此，虽然我们经常说"失败是成功之母"，但，对于大多数人，更多时候，成功才是成功之母。尤其是对于弱小的，刚刚取得一点点进步和成长的人和物来说，更是这样。

但是，作为一个人，也许我们更需要的是在没有看到成绩，甚至是一而再再而三地努力之后，仍然毫无成绩的时候，我们要深深地扎根于地下，继续坚定而又执着地汲取着各种营养，以期让自己实现突破和成长。

当然，黑暗中的默默扎根比看到成绩之后的努力更难做到。因此，我也更坚信，那看不到成绩——没有成绩——甚至是处于黑暗中的失败中的坚持更为重要。

今日思悟 _____

_____

今日践行 _____

_____

_____

4月28日

今日正能量微演讲118：

谁也无法剥夺你更加优秀的权利

根据区委宣讲团的安排，昨天下午，我到垛庄中学宣讲十九届五中全会精神。

近年来，垛庄中学同其他乡镇中学一样，存在着生源流失的现象，现有在校学生五百余人，有很大一部分是父母外出打工的留守儿童。

在给孩子宣讲、跟孩子们互动的过程中，能够真切地感受到同学们的热情、积极、勤奋，也能够略微地体会到一丝半缕的迷茫和不自信。因此，我跟孩子们着重交流了以下几点。

"古之成大事者，不惟有超世之才，亦必有坚韧不拔之志。"越是在艰苦环境中，越能磨炼一个人的意志和品质。

每个人都蕴藏着巨大的潜能，而我们要把我们的巨大潜能给挖出来，努力做一个不抱怨、不放弃的人，努力朝着梦想一路奔跑，你一定会茁壮成长为更加优秀的你。

敬请记得"谁也无法剥夺你更加优秀的权利"。

真诚地祝愿每一个人都成长为更加优秀的自己。

今日思悟 _____

_____

今日践行 _____

_____

4 月 29 日

今日正能量微演讲 119：

你永远没有自暴自弃的权利

　　我到垛庄中学给同学们宣讲十九届五中全会精神，有句话也特别想告诉孩子们："在任何时候、任何情况下，你都没有自暴自弃的权利，你永远没有自暴自弃的权利。"

　　人在任何时候都特别容易原谅自己，因此，每当遇到学习、生活中的种种困难的时候，感觉确确实实再也坚持不住的时候，就可能会出现自暴自弃、自我颓废甚至是自甘堕落的情况，而一旦出现这种情况，即使是想强迫自己从颓废状态中拔出来，那也往往陷入"颓废—想拔出来—拔不出来—进一步原谅自己—新的颓废"这样的循环中，而真的要想拔出来，需要有刮骨疗毒、壮士断腕的勇气和毅力。

　　因此，也许正确的做法就是，永远保持生活和学习的热情，即使是在感觉最不堪的时候，也仅仅是稍做停留——反思，然后，满血复活，以更加阳光、更加积极的心态投入新的更加精彩的生活学习。

今日思悟 _____

_____

今日践行 _____

_____

_____

4 月 30 日

今日正能量微演讲 120：

诗意和远方

"生活不只眼前的苟且，还有诗和远方。"所以，人应该有一项或几项比较喜欢的健康的业余爱好。比如健身，比如读书，比如旅游……这些爱好，因为是健康的，所以一定会丰富你的生活，提高你的生活质量，提升你的生活品位，抬高你的幸福指数！

在梦想和担当、使命、责任的引领下，让我们昂起头、迈开步，走向更加美好的诗和远方。

今日思悟 _____

_____

_____

_____

今日践行 _____

_____

_____

_____

五月

奋斗是青春最亮丽的底色

5月1日

今日正能量微演讲121：

弘扬劳动精神

2020年4月30日，在五一国际劳动节来临之际，习近平总书记给郑州圆方集团全体职工回信，称赞他们以实际行动为抗击疫情作出了贡献，并希望广大劳动群众坚定信心、保持干劲，弘扬劳动精神，克服艰难险阻，在平凡岗位上续写不平凡的故事，用自己的辛勤劳动为疫情防控和经济社会发展贡献更多力量。

这些年来，习近平总书记总是对劳动群众的杰出代表、最美的劳动者——"劳动模范"频频点赞。总书记为劳模点赞，体现了总书记崇尚劳动的情怀，对劳模的尊重、关心、爱护，对广大劳动者的激励和希望……

无论你是一名老师，还是一名职业学习的学生，都要认认真真地做好自己的工作，搞好自己的劳动。让我们弘扬劳动精神，扎扎实实做好各自的工作，努力为国家、民族和社会发展作出力所能及的贡献。

今日思悟

今日践行

5月2日

今日正能量微演讲 122：

保持良好的劳动态度

庆祝五一劳动节的最佳方式——参加劳动。

劳动具有树德、增智、强体、育美的综合育人价值。实施劳动教育，组织同学们参加日常生活劳动、生产劳动和服务性劳动，注重抓住衣食住行等日常生活中的劳动实践机会，鼓励孩子自觉参与、自己动手，随时随地、坚持不懈地劳动，掌握洗衣做饭等必要的家务劳动技能；让学生动手实践、出力流汗，接受锻炼、磨炼意志，培养学生正确的劳动价值观和良好劳动品质；让同学们养成热爱劳动的好习惯。

劳动最光荣，所有的成果都是辛勤劳动的结果。劳动态度会影响劳动成果的实现，平心静气、幸福快乐态度下的劳动会使我们收获更大。让我们每一名同学都努力调整好劳动心态，让我们满怀阳光明媚、快乐健康、蓬勃向上的积极心态去奋力地学习、勤恳地劳动。

今日思悟 _____

_____

_____

今日践行 _____

_____

_____

5月3日

今日正能量微演讲 123：

铭记历史，砥砺前行

今天是济南"五三惨案"九十三周年纪念日。

五三惨案又称济南惨案。1928 年 5 月，日本侵略者以保护侨民为名，派兵进驻济南、青岛及胶济铁路沿线，准备用武力阻止国民革命军的北伐。

当国民革命军于 5 月 1 日克复济南后，日军遂于 5 月 3 日派兵侵入中国政府所设的山东交涉署，将交涉代表蔡公时割去耳鼻，而后枪杀，将交涉署职员全部杀害，并进攻国民革命军驻地、在济南城内肆意焚掠屠杀。此案中中国民众被焚杀死亡者，有 1.7 万余人，受伤者 2000 余人，被俘者 5000 余人。

蔡公时的耳鼻均被割去，血流满面，被日军枪杀前怒斥日军兽行，高呼"唯此国耻，何时可雪"。蔡公时仅仅赴任一天，壮烈殉国。

"唯此国耻，何时可雪。"在轰轰烈烈的社会主义现代化建设的今天，让我们以实际行动铭记历史，勿忘国耻，砥砺前行，实现中华民族的伟大复兴，告慰每一位中华英烈！

今日思悟 _____

_____

_____

今日践行 _____

_____

_____

5月4日

今日正能量微演讲124：

青春正好蓬勃昂扬，积极向上

今天是"五四"，祝福朋友们青年节快乐！

习近平总书记对当代青年有六大期望：树理想，爱祖国，担责任，勇奋斗，练本领，修品德。

仔细想来，一个人青年与否，真的不是以生理年龄为界的，而是以是否拥有青春阳光的心态；是否拥有积极健康向上的力量；面对困难和挫折，是否仍然具有顽强拼搏、一往无前的勇气和行动为界的……真如此，即便是耄耋老人，也必定青春勃发、活力四射……

青春正好，蓬勃昂扬，积极向上，让我们每一个"青年人"，按照习近平总书记的期望去要求自己，继承和发扬五四精神，坚定理想信念，在实现中华民族伟大复兴中国梦的新长征路上奋勇搏击。

今日思悟 _____

_____

_____

今日践行 _____

_____

_____

5月5日

今日正能量微演讲 125：

头顶的"倒计时牌"

跟一青年才俊聊天，他说，我感觉每个人的头顶上方都有一块或无形或隐约可见的"倒计时牌"。

我们的生活中有很多很多的倒计时牌，中考倒计时、高考倒计时、回归倒计时、卫星发射倒计时、某一重大事件倒计时，以至于生命倒计时……

"倒计时牌"不是用来引发紧张和压力、产生焦虑不安和失望放弃的……让我们好好运用生活中有形的和头顶上无形的倒计时牌，庄严神圣地告诉自己，"倒计时牌"是用来振奋精神、激发斗志、挖掘潜力、珍惜时间、昂扬奋进、创造辉煌、成就梦想的。

今日思悟 _____

_____

_____

今日践行 _____

_____

_____

_____

5月6日

今日正能量微演讲 126：

"最美的风景是奋斗"

"最美的风景是奋斗"是李万百先生给我的《成就你的别样风景》一书写的序的题目。

仔细想来，这是李先生对我的鼓励和鞭策，再静心想，无论你是青春飞扬、风华正茂的青年学子，还是意气风发、踌躇满志的职场新人，摸爬滚打、历尽沧桑的中年人士，抑或是发挥余热、奉献余晖的老者，你努力学习，勤奋工作的样子真的很美，因为"最美的风景是奋斗"。

"最美的风景是奋斗"，让我们每一个人朝着梦想前进、朝着胜利进发，加油！

今日思悟 _____

_____

_____

_____

今日践行 _____

_____

_____

_____

5月7日

今日正能量微演讲127：

努力去赢

走在周一的美好时光里，内心深处应该很欣喜吧。无论是阳光明媚、轻微薄雾，还是细雨霏霏，抑或是雾霾弥天，只要心情灿烂，便是人间美好的时光。不管过去的一周过得如何，毕竟，新的一周又开始了。

新的一周，新的希望，新的开始，给自己一个新的小小的本周目标和期望，然后，从此时此刻开始，下定决心去努力，脚踏实地一步一步地去努力、去奋斗、去拼搏。

女排主教练郎平曾说："女排精神不是赢得冠军，而是有时候知道不会赢，也竭尽全力。是你一路虽走得摇摇晃晃，但站起来抖抖身上的尘土，依旧眼中坚定。人生不是一定会赢，而是要努力去赢。"

今日思悟 _____

_____

_____

今日践行 _____

_____

_____

_____

5月8日

今日正能量微演讲128：

自驱力

美国作家丹尼尔·平克的《驱动力》一书中说，我们做一切事情的动力，都可以归为下面三种：

驱动力一，吃饭、饮水、繁衍的本能，满足基本生理需求。

驱动力二，把外部反馈作为动力，做好了有奖励，做不好受惩罚。

驱动力三，就是"自驱"，因为内心的兴趣、使命感而做事。

这跟马斯洛的需求理论有相似之处。马斯洛把需求分成生理需求、安全需求、爱和归属感、尊重和自我实现五类，依次由较低层次到较高层次排列。在自我实现需求之后，还有自我超越需求，但通常不作为马斯洛需求层次理论中必要的层次，大多数会将自我超越合并至自我实现需求当中。

我是一名老师，我的座右铭是做一个自己快乐也给他人带来快乐的人，做一个激励自己也不断激励他人前进的人。有时候也想，假如我们不幸碰到的那个老师，不是特别喜欢激励、鼓励他人前进的人，那又怎么办呢？

《驱动力》告诉我们要自驱，马斯洛告诉我们要努力做到自我实现，让我们在伟大的自驱力的驱动下朝着伟大复兴的中国梦前进。

今日思悟 _____

_____

今日践行 _____

_____

5月9日

今日正能量微演讲129：

拼搏向上的理由只有一条

一个毕业几年的学生发给我一条微信，大意是近一年来感觉学习、生活、工作中困难重重，实在难以承受，于是决定放弃，不再追求所谓的梦想和目标。

我回复：青年人，静下心来，好好审视自己所追求的梦想、所设立的目标，如若确实毫无可能，自己在这一方面一点潜力都没有，现在的现状是"让鱼爬树""让老虎吃草"，那就认真思考，重新确立符合自己情况的梦想和目标，"让鱼游泳"，"让老虎吃肉"；若是设立的目标和梦想方向完全正确，也符合自己的实际情况，只是因为困难重重，那就需要我们唤醒斗志、高昂士气，因为退缩消沉的理由有千万个，随便一个，都会使我们退缩得那么干脆、消沉得那么利落，还自我感觉心安理得，但是年轻人，敬请记得，拼搏向上的理由只有一条，那就是我要奋斗、我要拼搏。而这一条，就足以摧毁使你退缩消沉的那千万条理由。

青年人，认清自我，找准目标，因为拼搏向上的理由只有一条。加油！

今日思悟 _____

_____

今日践行 _____

_____

5月10日

今日正能量微演讲130：

殷切的希望和庄严的回答

在庆祝中国共产党成立一百周年大会上，我们感受到习近平总书记殷切的希望、青少年庄严的回答。

习近平总书记对广大青年说："未来属于青年，希望寄予青年。新时代的中国青年要以实现中华民族伟大复兴为己任，增强做中国人的志气、骨气、底气，不负人民，不负韶华，不负党和人民的殷切希望。"

广大青年庄严回答："今天，我们对党许下青春的誓言，新的百年，听党话、感党恩、跟党走。我们都是追梦人，为实现第二个百年奋斗目标，为实现中华民族伟大复兴的中国梦，为共产主义事业而奋斗！请党放心，强国有我！请党放心，强国有我！"

"请党放心，强国有我。"作为今天的中国青年，我们一定牢记习近平总书记的殷切嘱托，永远忠于党，忠于祖国，为党的伟大事业而努力拼搏，不懈奋斗。

今日思悟 _____

_____

今日践行 _____

_____

_____

5月11日

今日正能量微演讲131：

青年要勇于担当

中国船舶重工集团第七〇一研究所是从事舰船研究设计的科研单位，研发员平均年龄三十七岁；"嫦娥一号"研发团队平均年龄不到三十岁；"嫦娥五号"发射团队数百个关键测控岗位上的负责人，大多为80后和90后，平均年龄仅三十三岁；"天问一号"整个研发队伍平均年龄三十五岁上下。

青年强则国家强。年轻的团队，年轻的事业。他们都是硕士、博士，都是仰望星空、脚踏实地的年轻人，他们年富力强，青春飞扬，勇于担当，必将创造更大辉煌。

国家有力量，民族有希望，青年要担当。青年朋友们，让我们勇于担当，勇挑重担，更好地造福人民。

今日思悟

今日践行

5月12日

今日正能量微演讲 132：

两位母亲

今天是母亲节，首先请允许我代表在座的儿女给在座的母亲深深地鞠躬，感谢您对我们的培养教育，真诚地祝愿普天下所有的母亲身体健康、精神愉快、节日快乐。

如何表达对母亲的爱，其实我们每一个人都清楚地知道：咱们的母亲是不求回报的。可是我要明确地告诉你：不求回报并不是不需要回报，不求回报更不是我们堂而皇之不去报答的理由。

其实我们每个人都有两位母亲，一位是生养我们的亲娘，一位是我们的祖国，因此，我们要牢记我们所肩负的义不容辞的责任和神圣使命——

承载家庭的希望，捍卫父母的尊严，为爹娘荣誉而拼，为祖国伟大复兴而战。

今日思悟 _____

_____

今日践行 _____

_____

_____

5月13日

今日正能量微演讲 133：

功不唐捐

"唐捐"是佛经里的话，意思就是泡汤了、白费了。"功不唐捐"就是努力绝不泡汤、绝不白费。

有一个小故事说寂静法师和一位朋友聊天，对话如下。

朋友："为什么我努力了还是得不到？念经行善了，命运却还未改变？"

法师："我给你五百块钱，好不好？"

朋友："您的钱我不敢要啊！"

法师："我是要你帮我办一件事。"

朋友："您说办什么，我绝对帮您办好！"

法师："帮我买一辆汽车。"

朋友："五百块怎么能买到汽车呢？"

法师："你也知道五百块买不到汽车啊！"

法师在告诉朋友，你的努力还没有撑得起你梦想的实现。

今日思悟 _____

_____

_____

今日践行 _____

_____

_____

5月14日

今日正能量微演讲 134：

埋头埋头第三个埋头　苦读苦读一百个苦读

彭雪枫（1907—1944 年），中国工农红军、新四军杰出指挥员、军事家，参加过第三、四、五次反"围剿"，二万五千里长征，他投身革命二十年，被毛泽东、朱德誉为"共产党人的好榜样"。

在戎马倥偬的岁月里，彭雪枫用战斗的作风善学善用，不论行军作战多么紧张艰苦，都有两匹马驮着书报箱，坚持每日读书，常常手不释卷、挑灯夜战。为了清静地多读书，他把驻地小庙里的两间空房作为学习的"密室"，常常躲进去读书、写文章、修改演讲稿。

他的名言是"知识之在于我，向来是如饥似渴的"，他的学习座右铭是"埋头埋头第三个埋头，苦读苦读一百个苦读"，他的格言是"学以致用"，他的约法是"每日决学两小时"。

彭雪枫将军在那样恶劣的条件下，每天学习，坚持学习，对于今天的我们有着怎样的启发和意义呢？

今日思悟 _____

_____

_____

今日践行 _____

_____

_____

5月15日

今日正能量微演讲135：

奋斗的意义

奋斗的意义，不在于一定会让你取得多大的成就；不是庸俗意义上的，让你在平凡的日子里，活得比原来的那个自己更好一点；也不是让你在与生活的竞争中少一点妥协；更不是让你有更多的力气保护你所喜欢的东西。可能在本质意义上，它更接近于那个骑着瘦弱的老马、拿着生锈的长矛，戴着破洞头盔的堂吉诃德，满怀善良、心怀梦想。

奋斗的意义在于奋斗本身，"我之奋斗——只是为了不辜负那个应该努力奋斗的自己"！

让我们去奋斗——永不停息地奋斗吧，出发！

今日思悟 _____

_____

_____

_____

今日践行 _____

_____

_____

_____

5月16日

今日正能量微演讲136：

专注、执着、勤奋

昨天拜见一位长者，长者讲了他当年的故事。他初中毕业，在家务农，有一位在外工作的叔叔回家，鼓励他考大学。他借来高中课本，一边干农活，一边复习。第一年高考考理科，名落孙山。他感觉考理科不行，调整方向，又借来文科书复习，第二年高考，考取山东大学。一个初中毕业生，凭着自学，一举考取山东大学，确实是非常令人敬佩的。他说他的成功得益于他的专注、执着和勤奋。他自己说他有一句名言："只要是认字，文科的东西就应该能够学好！"

一名初中毕业生，在家务农，复习两年，考取重点大学，这又给我们以怎样的启发呢？最重要的启发也许就是，要办成一件事，至少一定要做到"专注、执着、勤奋"。

今日思悟 _____

_____

今日践行 _____

_____

_____

5月17日

今日正能量微演讲137：

你的勤奋小人还好吗

　　小时候，老师给我们讲过一个故事：我们每个人的身体里都有两个小人，一个是懒惰小人，另一个是勤奋小人。当我们犹豫不决的时候，他们就会打架。小学时勤奋小人总是把懒惰小人打得落花流水；中学时就打成平手了；长大后，勤奋小人却往往总被懒惰小人打倒……

　　人都是有惰性的，但是，我们要做好自己的主人。禁不住想悄悄地问：你的勤奋小人还好吗？让我们给我们自己的勤奋小人鼓劲，给勤奋小人加油，让咱们的勤奋小人有足够的信心、勇气和实力去战胜懒惰小人。

　　今日思悟 _____

_____

_____

_____

　　今日践行 _____

_____

_____

_____

_____

5 月 18 日

今日正能量微演讲 138：

心中长着青春痘

我去拜访一位年过半百的同事，他讲道，他当年的一位领导写过几首诗，他把不同诗中的句子，连句为"人生五十正年轻，心地澄澈梦浩然"，然后，郑重地把这两句话送给自己。

从年龄上来讲，也许五十岁不再年轻，但是，年轻从来都不仅仅是指生理年龄，年轻更多意义上是指年轻的心态、年轻的力量、年轻的精神……

年轻是一种积极阳光、乐观向上的心态，是一种活力四射、昂扬蓬勃的力量，是一种锐意进取、追求卓越的精神。当我们具备了这种心态、力量和精神，就会"心中永远生长着一颗美丽的青春痘"。而"心中长着青春痘"的我们会永远年轻、青春不老，就会心地澄澈、大梦浩然。

今日思悟 _____

_____

_____

_____

今日践行 _____

_____

_____

_____

5 月 19 日

今日正能量微演讲 139：

对自己 "狠" 一点

读到一段话："不管怎样，在关键时刻，我发现，原谅自己比任何事情都要容易一些。"

由此延伸出去，对于大多数人来说，放纵自己去做一些较为轻松的事情会更容易一些，比如再玩一会儿手机、再看会儿电视、再躺一会儿，总比我再努力一些、再刻苦一些、再加把劲来得更容易一些。这给我们的启发，是我们要更好地激励自己，时时地严格要求自己，尽可能减少原谅和放纵自己的事情发生。

无论是谁，尤其是青年人，在成长的过程中，在前进的道路上，要努力对自己 "狠" 一点。敬请坚信，将来的你，一定会感激现在对自己 "狠" 的你。

今日思悟 _____

_____

_____

今日践行 _____

_____

_____

_____

5月20日

今日正能量微演讲140：

加油！不仅仅是一句口号

我的"今日正能量微演讲"常用"各位，不忘初心，继续加油"作为结束语。

我们需要"加油"，但不要让加油仅仅成为一句口号。

首先要分清给谁加油——给自己加油，给他人加油，给单位加油，给集体加油，给国家和民族加油。

其次，要明白加什么样的"油"——当自己和他人遇到困难时，加"战胜困难，我能行"的信心油，让自己和同伴拾起信心，不断前进；当自己和他人取得点滴成绩，加"戒骄戒躁，更加卓越"的自省油，让自己和同伴不被点滴成绩迷惑，继续前进；当自己和他人浑浑噩噩时，加"当头棒喝"的清凉油，让自己和他人感觉醍醐灌顶、茅塞顿开、恍然大悟；当自己或他人的关系出现问题时，加"尊重他人、和谐共处"的润滑油……

总之，加油不仅仅是一句口号，要加对路，加准、加满、加好。

今日思悟 _____

_____

_____

今日践行 _____

_____

_____

5月21日

今日正能量微演讲141：

耐得住寂寞

　　一位非常有名的大师举行了一场规模宏大的演说。

　　舞台的中央垂吊着一个巨大的铁球，有两个身强力壮的大汉用大铁锤去敲打那个吊着的铁球，铁球纹丝不动。

　　随后，身材瘦小的大师走上台，一言不发地从口袋里掏出一个小锤，然后用小锤敲击大铁球，一下两下，三下四下……就这样不停地敲击着……十分钟、二十分钟过去了。大师还在不停地敲打着铁球，有人急躁起来，有人离开了会场……只有一少部分人还在坚持着。

　　突然，有人叫起来："球动了！"大师继续敲打着。吊球在大师一锤一锤的敲击中摆动幅度越来越大，它摆动起来制造的巨大威力震撼着每一位观众。场上的人们在经过了长久的等待后，终于爆发出热烈的掌声。大师把小锤放进口袋里，然后转过身来，只说了一句话："在成功的道路上，如果你没有耐心去等待成功的到来，那么，你只能用一生的耐心去面对失败。"

　　今日思悟 _____

_____

_____

　　今日践行 _____

_____

_____

5月22日

今日正能量微演讲 142：

不用勤奋努力就能轻易实现的，还叫梦想吗

跟青年人交流，青年人总是感慨，梦想说说容易，真实现起来怎么那么艰难呢?！

我故作疑惑地问："不用任何努力，就能轻而易举实现的，还能叫作梦想吗？"

青年人调皮地说："我也知道那种轻而易举就能实现的，肯定不是梦想，我们也只是想在努力拼搏的路上轻松那么一点点。"

我也调皮地建议："改变自己能改变的，改变一下面对挑战和困难时的心情，心情轻松，阳光灿烂，微笑着去迎接梦想之路上的一切挑战和困难吧。"

今日思悟 _____

_____

_____

今日践行 _____

_____

_____

_____

5月23日

今日正能量微演讲143：

小蚂蚁啃骨头

跟几个年轻人聊天。有一年轻人说，有一项"大"任务，任务确实非常"大"，也确实非常艰难，需要巨大的人力、物力、精力，更关键的是，不知道具体该如何下手。

我对年轻人说，小蚂蚁要啃一块骨头，对小小的蚂蚁来说，骨头太大，真的也会是无从下口的，那就先好好了解了解这块骨头，试探着、摸索着，从一个小点上开始。一口一口地去啃，一点一点地去干。累了，就休息休息；饿了，就补充营养……只要一口一口地坚定地啃下去，就会始终奋力前行在"最终啃完"的路上。

今日思悟 _____

_____

_____

今日践行 _____

_____

_____

5 月 24 日

今日正能量微演讲 144：

再痛，也要扛

　　跟几个同学聊天，一开始，云淡风轻，笑语连连。聊着聊着，其中一位女生，竟然眼圈一红，落下泪来……

　　"老师，我感觉进入高三，尤其是下学期以来，我下了那么多的功夫，怎么成绩就是不长进呢？"我能够强烈地感受到那种付出巨大而收获甚微甚至是没有收获的痛苦和无奈！

　　我望着他们，又专门望着落泪的女生，陪着他们走在鲜花盛开的小路上，桃红柳绿、海棠初绽、玉兰飘香……我就只是这样静静地陪着他们。

　　1849 年，俄国作家陀思妥耶夫斯基，因为参加反对沙皇的革命活动而被捕，漫长流放生活的痛苦不仅没有击垮他，反而把他推上了文学创作的巅峰。他说过一句话："我怕我配不上自己所受的苦难。"

　　每个人在成长中都会遭遇到各种各样的痛，再累，也要奋斗；再苦，也要坚持；再痛，也要扛！

今日思悟

今日践行

5月25日

今日正能量微演讲145:

文火慢炖，熬制辉煌（1）
——与21届同学交流高考前十几天的几个关键词

又到"文火慢炖"时，再有十几天，21届同学就要参加高考了。跟同学们交流的题目叫"文火慢炖，熬制辉煌"。

首先，看"熬"这个字，熬是一个过程，熬药、熬粥……都是这样一个过程：第一阶段先浸泡一下药或者米；第二阶段，大火烧开；第三阶段，中火持续；最后阶段文火慢炖，凝练升华。这就像高考的复习。

高考前的十几天，最重要的是把高一、高二、高三的学习，甚至是前面十几年的积累，经过这一个月的文火慢炖，实现质的升华。

必须明确的是，这里的火是文火、微火，不是大火也不是急火，更不是把火抽掉，而是一种沉静的、慢慢浸润到骨头和血液里面的文火。

今日思悟 _____

_____

_____

今日践行 _____

_____

_____

5月26日

今日正能量微演讲146：

文火慢炖，熬制辉煌（2）
——与21届同学交流高考前十几天的几个关键词

在高考前十几天，又有哪几个关键词，在影响着我们能否保持正常的"文火慢炖"，熬制出属于我们自己的辉煌呢？

走进教室，看看那数字越来越小的倒计时牌，看看那还没有掌握的知识、不太会用的方法，再看看试卷上的成绩，有时候不免着急。这时候，怎样才能够做到文火慢炖、不急不躁呢？

由于巨大的高考压力，在考前人人都会焦虑、紧张，一点点小事都会引起同学间、师生间的摩擦，这时，就更需要我们把自己的心开大、开阔、开深，容得下高考前的压力与困难。

因此，第一个关键词是"沉静"。沉下心来，不再浮躁，不再急躁，专注于当下的每一天、每一节课、每一道题……静下心来，静等花开！

今日思悟 _____

_____

_____

今日践行 _____

_____

_____

5月27日

今日正能量微演讲147：

文火慢炖，熬制辉煌（3）
——与21届同学交流高考前十几天的几个关键词

沉静下来之后，我们要干什么呢？

我们清楚地知道每个人都蕴藏着巨大的潜能。因此，第二个词就是"挖潜"，把我们的潜力挖出来。

不要认为距离高考仅仅十几天了，一切都成"定局"了。绝对不是这样的，我们要打破定局论，深挖自身潜力。那么，我们应该从哪些地方挖潜呢？

改正错题，首先分析出现错误的原因，针对原因，有效改正。

攻克难题，首先我们要从心理上感激在高考之前出现的每一道难题，它在高考之前出现要比高考场上出现强之百倍。其次，"解剖麻雀"，把这道难题用"小蚂蚁啃骨头"的精神啃下来。我说得简单、写得轻巧，难题要真正突破，切实要费一番功夫。当然，对于那些完全超越我们能力限度的难题，我们要学会主动放弃，有时候，放弃也是一种觉醒和美丽。

今日思悟 _____

_____

今日践行 _____

_____

_____

5月28日

今日正能量微演讲148：

文火慢炖，熬制辉煌（4）
——与 21 届同学交流高考前十几天的几个关键词

第三个关键词是"坚持"。

高考是同学们综合实力的竞争，是智力、体力、意志力、干劲、心理的比拼。战争打到最后，是最关键的时候。谁都会累，谁都会苦，谁都想高考快点到来，好放松一下。但是无论遇到多大的困难，我们都要坚持住，胜利的秘诀往往就在于最关键时刻的坚持，在别人再也坚持不住的时刻坚持住的就是胜利者。坚持与退却成就了英雄与懦夫截然不同的人生。失败与成功仅有一步之遥，成功往往在于再坚持一会儿的努力之中。

"行百里者半九十。"我们要坚持到底，永不放弃。放弃只能招致失败。尘埃落定之前，一切皆有可能。要增强自信，相信自己，"一心向着自己目标前进的人，整个世界都得给他让路"。只要高考最后一科没有结束，我们就要不懈努力。

今日思悟 _____

_____

_____

今日践行 _____

_____

_____

5月29日

今日正能量微演讲149：

文火慢炖，熬制辉煌（5）

——与21届同学交流高考前十几天的几个关键词

第四个关键词是"精益求精"。

美国作家奥里森·斯韦特·马登说，做一名鞋匠并不可耻，但鞋匠做出很烂的鞋，就是一种耻辱了。

精益求精是一种追求、一种境界、一种人生态度。如果我们每个人都能带着一种积极进取、追求卓越、精益求精的心态去做事，我们就能把事做好。

在高考中，我们要努力做到精益求精。

首先要规范——规范是精益求精的基础。无论是卷面书写，还是具体答题，我们都要规范、认真，在阅卷老师心目中，卷面整洁规范的学生就是好学生。正确使用规范的学科术语的学生就是"规范专业的学生"。

其次要关注细节——细节是精益求精的关键。我们只有从每一个具体的点滴细节入手，方能精益求精、追求卓越。

今日思悟 _____

_____

_____

今日践行 _____

_____

_____

5月30日

今日正能量微演讲150：

文火慢炖，熬制辉煌（6）
——与21届同学高考前十几天交流的几个关键词

有一种青春叫高考。21届高中毕业生——这群年轻人将一起做同一道试题——高考，然后决定去哪所大学，影响着将来做什么工作，今后和谁相识，和谁一起旅行，和谁走一辈子……不管故事怎样、结局如何，一切都是美好的。高考不是人生终点，而是人生新的起点。那就放下所有的包袱，快乐一点、轻松一点，微笑面对吧！

在前方不远拐角处，有一个成功之神正在等待着你们。作为一个风华正茂、血气方刚、富于理想的学子，微笑面对高考，考出最好的自己。

衷心祝愿21届每一位同学：愉愉快快进场，认认真真答卷，满满意意出来，高高兴兴录取。

衷心祝愿21届每位同学都能够尽最大的努力，取得成功！

今日思悟 _____

_____

_____

今日践行 _____

_____

_____

5月31日

今日正能量微演讲151：

远离诱惑

跟今年考取清华大学的陈晓宇——全国中学生运动会铅球冠军聊天。我问："体育生有的有不良嗜好，你有吗？"陈晓宇答："老师，我没有。我的意志力可能拒绝不了那诱惑，我就永远不踏出第一步。"

在工作、学习、生活中，我们会面临香烟、美酒、游戏等各种诱惑，我们也会有各种理由、各种借口，随便一个就会使我们被诱惑俘虏。

怎么办？陈晓宇的做法值得学习，"永远不踏出第一步"。让我们拒绝不健康的游戏，远离诱惑，健康茁壮地成长。

今日思悟 _____

_____

_____

_____

今日践行 _____

_____

_____

_____

_____

六月

高考是最好的成人礼

6月1日

今日正能量微演讲152：

永葆童心　快乐幸福

今天是六一儿童节，祝福所有的儿童、曾经的儿童节日快乐、永葆童心、健康幸福。

怎样的心才算是童心呢？陆游《园中作》云："花前自笑童心在，更伴群儿竹马嬉。"明代李贽《童心说》："夫童心者，绝假纯真，最初一念之本心也。"

一颗大部分时间保持快乐的"玩心"，若是稍有不如意，立马号啕大哭，之后，又立马转移，继续快乐；从不伪装率真的"真心"，真挚地表达情感，从不遮遮掩掩；一颗保持旺盛求知欲的"上进心"，孩子的那种执着的求知欲令我们敬佩和感动……

当然，童心还包括人畜无害的"善良之心""赤子之心"。

《孟子·离娄下》："大人者，不失其赤子之心者也。"

让我们永葆一颗童心——纯真、直率、容易满足……那样，无论年龄多大我们都会永远快乐，也会成为一名真正的"大人"。

今日思悟 _____

_____

今日践行 _____

_____

6月2日

今日正能量微演讲 153：

最年轻的一天

跟三五好友小聚，聊天。

聊着聊着，便聊到年过五十的我们，感觉岁月匆匆，光阴似箭。

其实，我们每一个人在青年以后，甚至是从一出生开始，就前进在走向衰老、走向消亡的路上。但是，当下的——正在过着的这一天，却又实实在在是我们余下生命中最年轻的那一天。

如此想来，我们正在度过的这一天，以至于我们将来度过的每一天，都是余下生命中最年轻的那一天。我们可真是赚大发了——我们是在一天又一天的——最年轻的一天中度过的，我们的生命是由一个又一个——无数个最年轻的一天构成的。如此这般，是否便感觉到青春飞扬，意气风发，昂扬向上呢？

今日思悟 _____

_____

_____

今日践行 _____

_____

_____

6月3日

今日正能量微演讲154：

"校"的几个同音字

跟高三同学交流"微笑面对高考，考出最好的自己"话题的时候，从学校的"校"的几个同音字开始。

1.学校—学孝—学会孝，校长—孝长—孝中长。学生就是在校长、老师的引领下，在学校里学会感恩、学会孝敬父母、学会报效家国。而孝敬父母、报效家国等感恩行为是需要有真本领的，这就需要现在和将来在大学里继续扎扎实实地学习，掌握知识，学好本领，以实际行动来孝敬父母、报效家国。2.学校—学效—学高效，校长—效长—效中长。学生就是在校长、老师们的引领下，在学校里珍惜时光，"把有限的生命投入到无限的为人民服务之中去"，利用有限的生命做更多、更好、更有意义的事。3.学校—学笑—学会笑，校长—笑长—笑中长。学生就是在校长、老师的引领下，在学校里学会健康快乐地成长。无论碰到多大的困难，都要微笑着去面对。今天，我们微笑面对高考；将来，我们微笑着面对生活。

这几个"校"的同音字，也许对同学们当下的高考、将来的学习和生活都有一点启发意义吧！

今日思悟 _____

_____

今日践行 _____

_____

160

6月4日

今日正能量微演讲 155：

21 届每一位同学都值得被看好

今天晚上，跟章丘四中高三同学交流"微笑面对高考，考出最好的自己"。

此前跟同学们交流时曾说过一句话：敬请记得，母校看好 21 届每一位同学。

因此，交流的结束语是"亲爱的同学们，此前，我曾经说过'敬请记得，母校看好 21 届每一位同学'；今天，我们仍然说'敬请记得，母校看好 21 届每一位同学'；高考中，我们继续说'敬请记得，母校看好 21 届每一位同学'；高考后，乃至于以后的以后，敬请同学们骄傲地告诉母校，21 届每一位同学确确实实没有辜负母校的期望——确确实实值得被看好"！

今日思悟

今日践行

6月5日

今日正能量微演讲156：

考出最好的自己

又到考试季。祝福孩子们微笑面对考试，考出最好的自己。

今天晚上，要跟章丘四中参加高考的孩子们在运动场上交流。

翻看当年的记录，"微笑面对高考，考出最好的自己"的考前报告始于2006年，至今已有十五年。十五年来，在高度紧张的备考中，与孩子们在蓝天白云下，在笑声中度过一个多小时，于我是一种幸福；而报告内容或多或少对孩子们的高考有一星半点的帮助，于我是一种期盼。

真诚祝福参加高考的学子心想事成、金榜题名。

今日思悟

_____

_____

_____

今日践行

_____

_____

_____

_____

6月6日

今日正能量微演讲 157：

高考是最好的成人礼

　　明天，就是全国高考。想象一下，全国的几百万考生浩浩荡荡地走进各自不同的考场，随着同一个时间的铃声，做着近似的试卷；考试结束，潇洒地走出考场，焦急地等待成绩；成绩下发，或喜或悲或平静；填报志愿、收录取通知书，走向不同的城市、不同的大学……那是多么壮观的场景。

　　高考，是最好的成人礼，这源于高考前的拼搏奋斗、咬牙坚持；源于高考中的沉着冷静、攻坚克难；源于高考后的慎重选择、科学规划。

　　高考是最好的成人礼，从此，走向责任，走向担当，走向坚强，走向新梦想……

今日思悟

_____

_____

_____

今日践行

_____

_____

_____

_____

6月7日

今日正能量微演讲 158：

今天，只有祝福和祝愿

今天，全国高考第一天。

今天，只有祝福和祝愿。

衷心祝福参加高考的孩子们愉愉快快进场，认真规范答卷，高高兴兴出来，满满意意入学。

衷心祝福孩子们考的全会，做得全对。

衷心祝愿每一名高考同学心想事成、金榜题名。

今日思悟 ＿＿＿＿＿＿＿＿＿＿＿＿＿＿＿＿＿＿＿＿＿

＿＿＿＿＿＿＿＿＿＿＿＿＿＿＿＿＿＿＿＿＿＿＿＿＿＿＿＿＿

＿＿＿＿＿＿＿＿＿＿＿＿＿＿＿＿＿＿＿＿＿＿＿＿＿＿＿＿＿

＿＿＿＿＿＿＿＿＿＿＿＿＿＿＿＿＿＿＿＿＿＿＿＿＿＿＿＿＿

今日践行 ＿＿＿＿＿＿＿＿＿＿＿＿＿＿＿＿＿＿＿＿＿

＿＿＿＿＿＿＿＿＿＿＿＿＿＿＿＿＿＿＿＿＿＿＿＿＿＿＿＿＿

＿＿＿＿＿＿＿＿＿＿＿＿＿＿＿＿＿＿＿＿＿＿＿＿＿＿＿＿＿

＿＿＿＿＿＿＿＿＿＿＿＿＿＿＿＿＿＿＿＿＿＿＿＿＿＿＿＿＿

6月8日

今日正能量微演讲 159：

编筐编篓，贵在收口

今天全国高考第二天。

编筐编篓，贵在收口。我们越是在接近终点、接近胜利的时候，越是要认真仔细、竭尽全力、精益求精，切切不可麻痹大意，坚决避免"千里之堤，毁于蚁穴"。

习近平总书记在统筹推进新冠肺炎疫情防控和经济社会发展工作部署会议上指出，必须高度警惕麻痹思想、厌战情绪、侥幸心理、松劲心态，继续毫不放松抓紧抓实抓细各项防控工作。

祝愿同学们保持好状态，振作好精神，微笑走进考场，认真规范答卷，满满意意出场，坚持到底，继续加油。

祝福同学们顺利如意，心想事成，名题金榜，圆满成功。

今日思悟 _____

_____

_____

今日践行 _____

_____

_____

6月9日

今日正能量微演讲160：

画个逗点稍做停留，赢在节点继续前行

——致高考考生们

　　亲爱的孩子们，随着昨日高考最后一科结束的铃声，沉淀了十二年的情感，瞬间迸发：最青春的高考结束了，无论完满与否，终于是彻彻底底地结束了。此时的你望向头顶的蓝天，长舒一口气，自己——那个不断成长的自己在真切地感动着自己。

　　高考的结束，意味着人生崭新的开始。亲爱的孩子们，画个逗点，稍做停留，抓住高考后上大学前的这段时光，继续前行，为成就那个更加优秀的自己再努力打一些扎实的基础。

今日思悟 _____

_____

_____

_____

今日践行 _____

_____

_____

_____

6月10日

今日正能量微演讲161：

让心中考试的铃声清脆响起

"罗辑思维"曾讲过一个小故事，题目叫"在成人的世界里，没有考试铃声"。结尾是这样说的：他们没太意识到，出了学校之后，考试无处不在，考试随时开始。在成人的世界里，没有考试铃声。

仔细想想，很受启发。学生时代的考试，考试之前，要精心准备，数遍认真复习；到考场上，老师监考服务；开考铃响，进入状态，开始答题；临近结束，老师和铃声还会温馨提醒，"距离考试结束还有十五分钟"……

等成人了，在工作、生活中诸多的考试，既没有了开考的铃声，也没有了即将考试结束的温馨提醒。甚至，很多时候，我们可能都不知道在考试，考试就已经结束，"顺利录取"或"已被淘汰"了，这样想来，禁不住冷汗直流……这给我们最大的启发应该就是，既然没有实实在在的铃声，那我们的心中一定要有那清脆的考试铃声，更有考试前的认真学习、及时复习；考场上的温馨提醒；考试后的总结、反思……

今日思悟 _____

_____

_____

今日践行 _____

_____

_____

6月11日

今日正能量微演讲162：

精心打造时亮演讲，全程陪伴学生成长

"得天下英才而教育之"是孟子的三大乐事之一。而我个人的乐事之一就是在章丘四中通过给学生们演讲，全程陪伴学生们健康成长。

我从高一新生入学军训场上《梦想起飞的地方——拉拉咱四中》的开讲，到高一《梦想引领未来》《引爆青春活力，点燃生命激情》《赢在假期》；到高二《直面困难　成就人生》《同学是宝——正确处理同学关系，铸就共赢人生》《学会感恩，真爱叩击心扉》；到高三《点亮心灵明灯，微笑面对高考》《文火慢炖，熬制辉煌》；到高考后的《漫谈自主招生面试》；到再送同学一程的《规划大学生涯》。具体想来有的专题讲得多一些，有的专题讲得少一些，但是，那种断断续续却全程陪伴学生成长的幸福感、自豪感是那样的真实饱满。

精心打造时亮演讲，全程陪伴学生成长，助力孩子们腾飞梦想，我将继续努力，加油！

今日思悟 _____

_____

_____

今日践行 _____

_____

_____

6月12日

今日正能量微演讲 163：

把属于自己的时光充分利用好

今天中考，祝愿孩子们考试顺利如意，心想事成，圆满成功。

随着年龄增长，我看现在参加中考的初中学生，目光里满是慈祥。

上午第一场考语文，考试三十分钟可以出场，三十分钟铃声一响，十几个孩子立马从各自不同的考场急不可耐地出来了。

中考，是仅次于高考的大型考试，每个人都应该认真对待。要想做到出场的铃声一响便立即出场，那应该是早就做好了随时出场的准备了吧。

语文考试两小时，这是属于每一个中考考生的大好时光，每个考生都应该也必须把这两小时充分利用好。

再次真诚祝福孩子们把属于自己的时间充分利用好，祝福考试顺利如意，圆满成功！

今日思悟 _____

_____

_____

今日践行 _____

_____

_____

6月13日

今日正能量微演讲164：

<h2 style="text-align:center">"无奈我何"</h2>

这段时间，有同学反映，"某些同学对我爱搭不理""某些同学看不起我""就连走在街上见到的眼神和听到的话语都透着鄙夷不屑""我苦恼至极，怎么我尽遇到这么些人呢"……

确实，在每个人的生活、学习中，会遇到各种各样的人。有鼓励的，有打击的；有肯定的，有否定的；有赞美的，有鄙视的……我们必须做到，就算全世界都否定你，你也要相信自己。每个人真正强大起来可能都会度过一段没人帮忙、没人支持的日子。

清代诗人郑燮的《竹石》中写道：

咬定青山不放松，立根原在破岩中。

千磨万击还坚劲，任尔东西南北风。

让我们像那竹子那样，"任尔东西南北风"，去勇敢面对生活中的一切人和事，让所有负面的东西都"无奈我何"，我要静悄悄地去激发我们自身生命所有的热情，去创造崭新美好的辉煌未来。

今日思悟 _____

_____

今日践行 _____

_____

6月14日

今日正能量微演讲165：

端午节的思念

今年是2021年，两千两百九十九年前的公元前278年，随着中国历史上伟大的爱国诗人、中国浪漫主义文学的奠基人屈原的纵身一跃，从此，那个为中国文脉输入了强健诗魂的人，那个行吟在江风草泽、衣饰奇特的身影，那个孤傲而天真、凄楚而高贵，离群而悯人的人，便从生命上和身体形态上消失了，但是，那强健的诗魂却又启发、影响着一代又一代的中国人。

余秋雨在《中国文脉》一书中说：如果要找书房里的屈原也不难，《离骚》《九章》《九歌》《招魂》《天问》自可细细去读。一动一静，一祭一读，都是屈原。

"路漫漫其修远兮，吾将上下而求索。"让我们在端午节，悼念屈原，品读屈原，感受诗魂，热爱祖国，追求梦想！

今日思悟 _____

_____

_____

_____

今日践行 _____

_____

_____

_____

6 月 15 日

今日正能量微演讲 166：

适合的就是最好的
——端午吃粽子思考（1）

端午中午，吃粽子。

吃的是同一种类的同一种馅的粽子，结果——

有人说"这粽子，真好吃"，还边说边吧唧嘴。

有人疑惑地说："没感觉特别好吃啊，也就还行吧。"

有人说："不是说不好听的话，这粽子，一点都不好吃。"

面对着完全同样的粽子，为什么会有完全不同的感觉呢？因为人们的口味、爱好、饮食习惯等都各不相同，所以，即使是面对完全相同的粽子，也会有完全不同的感受。

进而想到，那怎样的粽子才是一个好粽子呢？

适合自己的粽子才是一个好粽子。

那怎样的工作才是好的工作，怎样的生活才是好的生活呢？

今日思悟 _____

_____

_____

今日践行 _____

_____

_____

6月16日

今日正能量微演讲167：

粽子本身没有好坏之分

——端午吃粽子思考（2）

在"适合的就是最好的"中写道：那怎样的粽子才是一个好粽子呢？适合自己的粽子才是一个好粽子。

有学生问我："老师，粽子本身有好坏之分吗？"

确实是的，一个正常的、没有变质的粽子本身没有好坏之分，只有是否适合自己之分。从是否适合自己的角度，把粽子区分为好粽子和坏粽子，似乎，又有极端的功利主义和狭隘的实用主义意味。因此，还是不要区分粽子本身的好与坏，只是去努力地找到适合自己的粽子吧。

今日思悟 _____

_____

_____

_____

今日践行 _____

_____

_____

_____

6月17日

今日正能量微演讲 168：

当只有一种粽子可供选择

—— 端午吃粽子思考（3）

在"适合的就是最好的"中写道：适合自己的粽子才是一个好粽子。

有朋友留言说："当你面前只有一种口味的粽子，要么选择放弃，要么就努力喜欢上这种口味。"

确实是的，有时候，会有各种各样的不同口味的粽子供我们选择；有时候，可能就只有一种口味的粽子摆在我们面前，我们别无选择；有时候，我们根本没有粽子……

当我们有很多种粽子的时候，我们要学会科学理性地选择，确保我们的选择正确；当我们只有一种粽子的时候，我们要学会直面客观事实，愉快地去接受；当我们没有粽子的时候，我们要学会调整、学会分析，努力去争取获得粽子。

今日思悟 _____

_____

_____

今日践行 _____

_____

_____

6月18日

今日正能量微演讲 169:

多角度、多层次分析问题

—— 端午吃粽子思考（4）

关于端午节吃粽子，今天写到第四篇了。

说实话，一开始并没有想到会写这么多篇，当时就是想写一条"适合的就是最好的"正能量就行了。结果，有了学生的回复，老师、朋友的讨论，真诚地感谢老师和同学们。

随着思考，也逐步地认识到，每个人的思考都是在自身认知基础上的思考，所以，不可能思考到方方面面、角角落落，但是，我们要尽最大可能地多层次、多角度分析问题，这样就会避免看问题时出现"盲人摸象""只见树木不见森林"，就能够相对看得更加全面、深刻、准确。

今日思悟 _____

_____

_____

_____

今日践行 _____

_____

_____

_____

6月19日

今日正能量微演讲170:

景清与《未尽集》

四中校友景清是 2007 年全省高考理科状元。

她理科出色，文才也出类拔萃。她喜欢读书，《红楼梦》都读了五遍，是个有灵气、文化底蕴深厚、颇有思想见地的学生。

她有个习惯，每晚功课完成后，总要写点随笔。高中三年，文稿攒了数百篇。

2007 年，山东文学社为中学生出丛书，她入选，出版了《未尽集》。她平时的随笔文稿，书写工整，字迹秀美，一气呵成，没有任何涂改；出版时也没有几个字的修正，完全可与古代流传下来的状元卷相媲美。

今日思悟 _____

_____

_____

今日践行 _____

_____

_____

_____

6月20日

今日正能量微演讲 171：

专利大王李应心

2009 届校友李应心，高中时即获得实用新型专利十六项、发明专利一项。

2013 年，李应心从山东大学毕业后进入中建八局，他把解决工程建设与管理中的疑难问题作为创新对象，先后发明一种新型安全帽、一种高度可调节周转式楼梯、一种混凝土自动养护装置、一种塔吊用安全照明装置等，解决了诸多难题。

几年来，李应心已独立申请专利三十多项，与他人合作申请专利一百二十余项。工作三年就已升任科研所长，专门从事科研创新工作。

今日思悟 _____

_____

_____

_____

今日践行 _____

_____

_____

_____

6月21日

今日正能量微演讲 172：

从县级美工走向国博专家

刘罡是章丘四中 79 届校友。大学毕业后，曾数年在章丘商业大厦做美工。其间，他以沉静的心态，认认真真地把商业广告作为美术精品来创作，打下了扎实的艺术功底，也在倾情用心创作中展露了非凡的艺术才华。

此后，他被调入济南南郊宾馆从事艺术创作，后又调入国家博物馆工作，凭着良好的管理才能和优秀的艺术素养很快成为博物馆二部主任，负责近十万件国宝的管理维护工作。

今日思悟 _____

_____

_____

_____

_____

今日践行 _____

_____

_____

_____

_____

6 月 22 日

今日正能量微演讲 173：

托起自己的三块基石

　　章丘四中 80 届校友曹长勇，自北京大学毕业后赴美深造，专门从事卫星定标的研究。

　　他认为，他走到今天，取得这样的成就，靠的是三个方面的支撑：一靠浓厚的科研兴趣，在高中读书时，他就对科学研究达到痴迷的程度；二靠艰苦奋斗的精神，科学研究一定要吃得下很多苦；三靠高端的起点，即站在巨人的肩膀上。这与他在四中求学期间打下的坚实基础和积淀的深厚学养是分不开的。

　　曹长勇学长的"三靠"，对我们每一个人都有着深刻而长远的启发和影响，加油！

　　今日思悟 _____

_____

_____

　　今日践行 _____

_____

_____

6月23日

今日正能量微演讲174：

优秀姐妹花

07届校友张广萌与13届校友张广杰是亲姐妹。2016年9月，张广杰从北京林业大学保送北京大学研究生，2016年年底，张广萌作为特殊人才从北京航空航天大学被引进到清华大学出版社工作。

在四中时，姐妹二人受创新教育的熏陶，有着共同的特点，那就是都有创新与科研的兴趣与潜能，都获得过多项专利。进入大学，她们都把创新思想融入科研，本科期间即有了多项科研成果，走上了科研与创新之路。

今日思悟

_____

_____

_____

今日践行

_____

_____

_____

6月24日

今日正能量微演讲 175：

目标总在更高处

　　校友索元震是创新能力突出的学生。2008 年考入南京航空航天大学，2012 年保送上海交通大学硕博连读，2015 年获得国家留学基金委的公派联合培养博士生项目资助进入哈佛大学学习。进入大学，他很快完成了从异想天开式的创新向严谨的科技创新的转变，本科期间获得第七届"挑战杯"全国大学生创业计划大赛金奖。进入哈佛大学，又在向更高的目标努力。

　　从四中，到南航，到上海交大，到哈佛大学……目标总在更高处。在他身上，体现了四中人心怀梦想、恒久进取的价值追求。

今日思悟 ＿＿＿＿＿＿＿＿＿＿＿＿＿＿＿＿＿＿＿＿＿＿

＿＿＿＿＿＿＿＿＿＿＿＿＿＿＿＿＿＿＿＿＿＿＿＿＿＿＿＿＿＿

＿＿＿＿＿＿＿＿＿＿＿＿＿＿＿＿＿＿＿＿＿＿＿＿＿＿＿＿＿＿

＿＿＿＿＿＿＿＿＿＿＿＿＿＿＿＿＿＿＿＿＿＿＿＿＿＿＿＿＿＿

今日践行 ＿＿＿＿＿＿＿＿＿＿＿＿＿＿＿＿＿＿＿＿＿＿

＿＿＿＿＿＿＿＿＿＿＿＿＿＿＿＿＿＿＿＿＿＿＿＿＿＿＿＿＿＿

＿＿＿＿＿＿＿＿＿＿＿＿＿＿＿＿＿＿＿＿＿＿＿＿＿＿＿＿＿＿

＿＿＿＿＿＿＿＿＿＿＿＿＿＿＿＿＿＿＿＿＿＿＿＿＿＿＿＿＿＿

6月25日

今日正能量微演讲176：

正确面对选择

昨天，高考出成绩了。既然是考试，就会有各种各样的综合发挥问题，有的同学发挥得非常理想、比较理想、基本理想；有的同学发挥得非常正常、比较正常、基本正常；有的同学发挥得非常不理想、非常不正常、非常失常……

无论怎样，高考和高考成绩已成定局。接下来的志愿填报、高校录取、大学生活就转化为最为关键的事情。

志愿填报是人生规划的新开端。老子曰："术不可不慎。"说的是选择职业不可以不慎重。我们在选择填报志愿时肯定要根据成绩，根据兴趣、爱好和未来发展，我们要择己所爱，择己所能，择己所利，择世所需。

今日思悟 _____

_____

_____

_____

今日践行 _____

_____

_____

_____

6月26日

今日正能量微演讲177：

绝不给四中丢脸

86届校友高淑贞，多年任章丘三涧溪村党总支书记，带领群众致富创业，建设新农村，成绩显赫，先后获得"全国三八红旗手标兵""全国优秀党务工作者"等称号。

她有句口头禅："我是四中毕业的，绝不给四中丢脸！"正是这根植内心的信念让她无论干什么事都倾情用心，干到最好。

"绝不给四中丢脸"，所折射的是四中情怀和担当给予她的智慧和勇气。

"绝不给四中丢脸"，让我们每一个人都向高淑贞学姐学习。

今日思悟 _____

_____

_____

_____

今日践行 _____

_____

_____

_____

_____

6 月 27 日

今日正能量微演讲 178：

大爱无疆　德仁者远

05 届校友韩绍金，就职于北京航天飞控中心，担任"嫦娥任务""天宫二号""神舟十一号""天舟一号"等航天器升空飞行控制工作。

韩绍金从大学到军营的十余年，无偿献血十次，累计献血 2200 毫升。2009 年，他因为在华山医院为一名六周岁男孩捐献骨髓而放弃了参加上海交通大学毕业典礼。五天的准备，白细胞要激增到两万，四小时采集骨髓，周身血液循环了五遍，有人问他痛苦不痛苦，他笑笑："能够挽救一条鲜活的生命，多痛也值得！"

韩绍金学长的故事和成就，又给我们以怎样的启发呢？我们又如何更好地向韩绍金学长学习呢？

今日思悟 _____

_____

_____

_____

今日践行 _____

_____

_____

_____

6月28日

今日正能量微演讲 179：

李杰与磁浮列车

章丘四中 90 届校友李杰是国防科技大学博士生导师、机电工程与自动化学院磁浮中心主任，他是北京中低速磁浮交通示范线（S1 线）总设计师兼车辆组组长、长沙磁浮快线（2016 年通车）核心技术车辆悬浮系统的研发者，他主持研发了四代数字化悬浮控制系统和 CMS03A、CMS04、BGM01 三代磁浮列车，他的研究成果为我国磁浮技术的应用开辟了广阔前景。

李杰初中毕业因家贫辍学，一年后通过自学以优异成绩考入四中，在四中师友的教诲帮助下，其数、理、化奥赛均获一等奖，尤其是他初中没学过英语，零起点，凭其勤奋，高中三年成绩始终列级部前三。

李杰学长的故事和成就，又给我们以怎样的启发呢？我们又如何更好地向李杰学长学习呢？

今日思悟 ＿＿＿＿＿＿＿＿＿＿＿＿＿＿＿＿＿＿＿＿＿＿

＿＿＿＿＿＿＿＿＿＿＿＿＿＿＿＿＿＿＿＿＿＿＿＿＿＿＿＿＿＿＿＿＿＿

＿＿＿＿＿＿＿＿＿＿＿＿＿＿＿＿＿＿＿＿＿＿＿＿＿＿＿＿＿＿＿＿＿＿

今日践行 ＿＿＿＿＿＿＿＿＿＿＿＿＿＿＿＿＿＿＿＿＿＿

＿＿＿＿＿＿＿＿＿＿＿＿＿＿＿＿＿＿＿＿＿＿＿＿＿＿＿＿＿＿＿＿＿＿

＿＿＿＿＿＿＿＿＿＿＿＿＿＿＿＿＿＿＿＿＿＿＿＿＿＿＿＿＿＿＿＿＿＿

6月29日

今日正能量微演讲180：

奋斗十八载，矢志终以成

侯建良，章丘四中 64 届校友，中国人民大学本科毕业，在地方工作十年后，1979 年再次考入中国人民大学，读研究生，获历史学硕士学位，后到国家人事行政部门工作。1988 年后历任国家人事部处长、副司长、司长、副部长及中国人才交流协会会长等职务。

在工作中他秉持廉洁、认真、勤奋的理念，积极参与了改革干部人事制度、起草制定国家人事政策法规、推动人才队伍建设等工作，受到领导重视和人事系统同人的赞许。他参加了从研究论证并向中央提出建立公务员制度的建议，到起草制定公务员暂行条例，再到起草《公务员法》的全过程，历时十八个春秋，在其中发挥了骨干作用。尤其是在起草《公务员法》的五年中，他担任"公务员法起草领导小组"副组长，带领起草班子圆满完成了各项起草任务，为我国公务员制度建设和干部人事制度法制化作出了应有的贡献。

今日思悟 _____

_____

_____

今日践行 _____

_____

_____

6月30日

今日正能量微演讲 181：

四中人的格局——成人之美

何为文化？何为修养？何为境界？何为格局？

这些问题，去看看每个四中人的"素颜"之行，便可知晓：

各类活动，主动担当，更多付出者，四中人；

荣誉面前，谦虚退让，扶掖青年者，四中人；

比赛竞技，甘为他人，牵马坠镫者，四中人；

一事当前，为他人、为集体着想者，四中人……

成人之美，美美与共；优秀自觉，自觉优秀——这正是四中人朴素之大美，也正是章丘四中永立潮头的不竭源泉。

今日思悟 _____

_____

_____

今日践行 _____

_____

_____

_____

七月

学党史　感党恩　永远跟党走

7月1日

今日正能量微演讲182：

弘扬伟大建党精神

习近平总书记在庆祝中国共产党成立一百周年大会上的重要讲话中把伟大建党精神的基本内涵概括为：坚持真理、坚守理想，践行初心、担当使命，不怕牺牲、英勇斗争，对党忠诚、不负人民。这是中国共产党的精神之源。

正是这伟大的建党精神，使得这个新生政党能够在现代中国各种政治力量的反复较量中脱颖而出。 正是这伟大的建党精神，推动这个百年大党"始终走在时代前列、成为中国人民和中华民族的主心骨"。伟大建党精神，是中华民族百年辉煌背后的"源代码""根目录"。

今天，让我们弘扬伟大建党精神，在自己的工作、学习中，扎扎实实地践行伟大建党精神，促使自己的学习、工作更上一层楼，为第二个百年奋斗目标、为伟大复兴的中国梦贡献自己的绵薄力量。

今日思悟

今日践行

189

7月2日

今日正能量微演讲 183：

一名朴素的老校友

昨天上班后，四中高八级（1965 年入学）一名老校友到校找到我，问关于学校发展的事。

老校友整洁、干净、朴素，我跟老校友聊天：老校友家住哪里，怎么到校的，在四中读书时的具体情况怎样。老校友一一解答，只是老校友不肯透露姓名……聊着，老校友拿出两千元钱，说："今天是党的生日，我特别选今天到校，来把我的一点点心意献给学校。我是一名老党员，我不要名，也不要利，你也不要打听我到底是谁。"

望着善良的老校友，我心生感动。伟大的党之所以伟大，就是因为有老校友这样无数个不要名、不要利的默默无闻的无私奉献者吧。祝福伟大的百年大党——生日快乐，续写华章！

今日思悟 _____

_____

_____

今日践行 _____

_____

_____

7月3日

今日正能量微演讲184：

知党史，感党恩，永远跟党走

习近平总书记在党史学习教育动员大会上指出，我们党的一百年，是矢志践行初心使命的一百年，是筚路蓝缕奠基立业的一百年，是创造辉煌开辟未来的一百年。

作为当代青年学生，我们要按照"学史明理、学史增信、学史崇德、学史力行"的要求，回望党史源头，充分认识我党创立之艰难，成长之顽强，壮大之必然，辉煌之成就，积极汲取优良养分；面向未来发展，充分认识我党使命之神圣，任务之艰巨，信念之坚定。

让我们知党史，感党恩，永远跟党走！

今日思悟 _____

_____

_____

_____

今日践行 _____

_____

_____

_____

7月4日

今日正能量微演讲 185：

让中国共产党的精神旗帜永远高高飘扬

习近平总书记在党史学习教育动员大会上指出，在一百年的非凡奋斗历程中，一代又一代中国共产党人顽强拼搏、不懈奋斗，涌现了一大批视死如归的革命烈士、一大批顽强奋斗的英雄人物、一大批忘我奉献的先进模范，形成了一系列伟大精神，构筑起了中国共产党人的精神谱系，为我们立党兴党强党提供了丰厚滋养。

作为当代青年学生，我们要"大力发扬红色传统、传承红色基因，赓续共产党人精神血脉，始终保持革命者的大无畏奋斗精神，鼓起迈进新征程、奋进新时代的精气神"。

作为当代青年学生，我们要解读好中国共产党的精神谱系，激活身体里蕴藏的青春血脉中的红色基因，让中国共产党的精神旗帜永远高高飘扬！

今日思悟 _____

_____

_____

今日践行 _____

_____

_____

7月5日

今日正能量微演讲 186：

"赶考"的谨慎

七十二年前的 1949 年，党中央从河北西柏坡出发"进京赶考"。

2018 年，习近平总书记满怀深情地说："时代是出卷人，我们是答卷人，人民是阅卷人。"

2020 年，习近平总书记在党史学习教育动员大会上的话铿锵有力："江山就是人民，人民就是江山。"

"为中国人民谋幸福、为中华民族谋复兴。"百年大党，征途漫漫；伟大复兴，再创辉煌，我们每一名青年学生都要不忘初心、牢记使命，担当大任，永远奋斗，永远抱着"赶考"的谨慎，去全力以赴地为伟大的党的事业贡献力量，努力向历史、向人民交出崭新的、更加优异的答卷！

今日思悟 _____

_____

_____

今日践行 _____

_____

_____

_____

7月6日

今日正能量微演讲 187：

爱党的底色是忠诚

"天下至德，莫大于忠。"忠诚是我们每一名当代中国青年爱党的最纯正的底色。

习近平总书记讲过一个"半截皮带"的故事。红军长征途中三十一军九十三师二七四团的红军战士宁肯忍饥挨饿，也要将半截皮带留下来，带着它"去延安见毛主席"。这就是信仰的力量，就是"铁心跟党走"的生动写照。

今天的中国，之所以屹立于世界民族之林，能够潇洒地平视整个世界，正是一个又一个忠诚于党的革命者，乃至于在最黑暗、最困难、最无助、大多数人万念俱灰的时候，仍然在用他们的灵魂，用他们的血性，用他们的忠诚，支撑着整个中华民族。

"请党放心，强国有我。"作为今天的中国青年，我们要信念坚定地忠于党、忠于祖国，为党的伟大事业而努力拼搏、不懈奋斗。

今日思悟 _____

_____

今日践行 _____

_____

_____

7月7日

今日正能量微演讲 188：

勿忘国耻　伟大复兴

今天是七七事变纪念日。

"卢沟桥！卢沟桥！男儿坟墓在此桥！最后关头已临到，牺牲到底不屈挠；飞机坦克来勿怕，大刀挥起敌人跑！卢沟桥！卢沟桥！国家存亡在此桥！……"

7月7日的枪声，宣告了全民族抗战的开始。

十四年抗战，记录着日本侵略者的野蛮与杀戮，更见证着中华民族的抗争与不屈。

习近平总书记说，中国人民抗日战争胜利是以爱国主义为核心的民族精神的伟大胜利，是中国共产党发挥中流砥柱作用的伟大胜利，是全民族众志成城奋勇抗战的伟大胜利，是中国人民同反法西斯同盟国以及各国人民并肩战斗的伟大胜利。

正义不容亵渎，历史不会重演！让我们勿忘国耻，弘扬伟大的抗战精神，万众一心，奋力开拓，铸造人类社会主义发展的历史新辉煌，实现中华民族伟大复兴。

今日思悟 _____

_____

今日践行 _____

_____

7月8日

今日正能量微演讲 189：

树立坚定而又远大的共产主义理想

习近平总书记告诉我们要"注重用党的奋斗历程和伟大成就鼓舞斗志、明确方向，用党的光荣传统和优良作风坚定信念、凝聚力量，用党的实践创造和历史经验启迪智慧、砥砺品格"。

"学史明理、学史增信、学史崇德、学史力行。"作为当代青年学生要通过学习党史，牢固树立坚定而又远大的共产主义理想，确保共产主义方向，只有在方向正确前提下的努力奋斗，大踏步地朝着梦想进发，无论碰到多大的困难，都永不放弃，执着前行，才有着实际意义和深远价值。

今日思悟 _____

_____

_____

_____

今日践行 _____

_____

_____

_____

7月9日

今日正能量微演讲190：

弘扬传承辛锐精神（1）
——行走在坚实大地上的党史教育课之一

2021年恰逢建党一百周年，为了弘扬革命精神，促进同学们学党史明理、增信、崇德、力行，进一步增强爱国主义情怀和为国为民的责任担当，进而知史爱党、知史爱国，立志成为担当民族复兴大任的时代新人，章丘四中组织开展以"传承红色基因　赓续精神血脉"为主题的"行走在坚实大地上的党史教育课"系列活动。

同学们首先来到辛锐烈士纪念馆，"作为出身名门望族的大小姐，辛锐毅然舍弃优越的生活跟随父亲到沂蒙山参加了八路军，同年加入中国共产党。并把自己的名字改为辛锐——'我要成为一把锐利的尖刀，刺向鬼子的心脏'"。在辛锐中学，在讲解员老师的述说中，同学们了解到辛锐烈士的英雄事迹。

学习英雄，崇尚英雄，争做英雄，让我们弘扬传承辛锐精神，努力学习，砥砺前行。

今日思悟 _____

_____

今日践行 _____

_____

7月10日

今日正能量微演讲191：

弘扬传承辛锐精神（2）

——行走在坚实大地上的党史教育课之二

"在大青山突围时，为了掩护战友，当敌人号叫着围上来时，辛锐拉响手中最后一颗手榴弹与敌人同归于尽。年仅二十三岁的辛锐，带着未出世的孩子一起把生命永远地留在了沂蒙大青山。"一个又一个动人的情节将师生们拉回到那个战火纷飞的年代，回到了中国共产党领导人民浴血奋战的年代。

辛锐作为一名共产党员、一名革命战士，为了祖国，为了人民，抱着一腔热血染山河的崇高信念，投身伟大的革命斗争。在她的心里，党的事业、革命的理想是神圣且至高无上的，能舍弃一切——包括最宝贵的生命——自己和孩子的生命，但不能舍弃党，不能舍弃革命事业。这种坚定的革命信念与顽强的革命斗志深深地震撼着我们的心灵。

缅怀先烈，崇尚英雄，捍卫英雄，学习英雄，关爱英雄，传承精神，砥砺前行。

今日思悟 _____

_____

今日践行 _____

_____

7月11日

今日正能量微演讲 192：

弘扬传承辛锐精神（3）

——行走在坚实大地上的党史教育课之三

习近平总书记指出，在一百年的非凡奋斗历程中，一代又一代中国共产党人顽强拼搏、不懈奋斗，涌现了一大批视死如归的革命烈士、一大批顽强奋斗的英雄人物、一大批忘我奉献的先进模范，形成了一系列伟大精神，构筑起了中国共产党人的精神谱系，为我们立党兴党强党提供了丰厚滋养。

行走在坚实大地上的党史教育课，使同学们在思想上深受洗礼，认识到当今的幸福生活是广大革命先辈用生命和鲜血换来的，中国特色社会主义事业是奋斗出来的。青年一代要更加坚定马克思主义信仰，坚守共产主义伟大理想，继承革命先烈遗志，领悟中国共产党的初心和使命，理解中国共产党与中华民族命运不可分割，在实现中华民族伟大复兴征程中贡献自己的青春和力量。

今日思悟 _____

_____

今日践行 _____

_____

_____

7月12日

今日正能量微演讲 193：

重走总书记走过的路（1）
——行走在坚实大地上的党史教育课之四

章丘四中"行走在坚实大地上的党史教育课"走进齐鲁乡村样板——重走总书记走过的路，认真倾听校友三涧溪村党总支书记高淑贞讲三涧溪的变迁故事。

2018年6月14日，习近平总书记来到章丘区双山街道三涧溪村考察，在了解了三涧溪村以党建为统领，推动乡村振兴的情况后，总书记十分满意，并对三涧溪村党总支书记高淑贞的工作给予了高度评价。

参观过程中，高淑贞书记充满深情地对学弟学妹们说："我心中的那个梦想，就要叫老百姓过上好日子。只要敢于担当、善于承担，没有解决不了的困难，没有办不成的事儿。我要永远听党的话，跟党走，把党交给我的一切事业干到最好！干到用尽我的全力，奉献我的全部！"

今日思悟 _____

_____

_____

今日践行 _____

_____

_____

7月13日

今日正能量微演讲194：

重走总书记走过的路（2）

——行走在坚实大地上的党史教育课之五

高淑贞书记告诉师生们，2004年6月时的三涧溪村，是出了名的穷村、乱村——六年换了六个村支书，村集体没有一分钱收入，还背负着六十多万元的外债。就是在那样的状况下，高淑贞挑起了三涧溪村的重担。

三涧溪村能走上快速发展的列车道，由乱到治，是以习近平同志为核心的党中央的正确领导决策和老百姓信任支持合力的结果。靠的就是村党委抓班子、带队伍，以党建引领乡村振兴。在村党委的带领下，三涧溪村先后荣获"全国民主法治示范村""山东省级文明村"，连续六年获得章丘区"A级平安村居"荣誉称号。

学史力行，学习党史落实到行动上，就是要为群众办实事。三涧溪村的变化，就是我们身边最生动的党史学习教育素材。

中央党校副校长谢春涛教授满怀激情地说，通过对三涧溪村"解剖麻雀"，就能够深入浅出地阐释"中国共产党为什么能成功""为什么始终得到人民支持"，就会更加坚定我们坚定不移地自觉跟党走的信心和力量。

今日思悟 _____

_____

今日践行 _____

_____

7月14日

今日正能量微演讲 195：

重走总书记走过的路（3）

——行走在坚实大地上的党史教育课之六

"群众认干不认说"，让老百姓满意是党员干部的责任。群众最讲实际，谁对他好，他就支持谁、拥护谁。

高淑贞书记跟师生们说，作为支部书记，只有时时想着群众、事事为了群众，才能把群众团结在党组织周围，让群众打心眼儿里说我们党好。为及时解决群众困难，他们发挥党员带头模范作用，实施"一面旗帜、一个电话、一张服务卡、一支服务队、一个微信群"的"五个一"工程，以实际行动赢得了村民的信任和拥护。设立二十四小时服务热线，组建党员志愿服务队，无论群众有什么难题，每一名党员都能第一时间行动、第一时间解决问题。

作为一名老师、一名党员，我们要全心全意地为每一名同学服务，切切实实促进同学们健康茁壮成长。

今日思悟 _____

_____

_____

今日践行 _____

_____

_____

7 月 15 日

今日正能量微演讲 196：

缅怀英烈，砥砺前行

——行走在坚实大地上的党史教育课之七

为了让学生接受党史教育、革命传统教育和爱国主义教育。章丘四中组织优秀团员代表来到章丘烈士陵园，举行了以"缅怀革命先烈，弘扬民族精神，争做时代新人"为主题的教育活动。

章丘烈士陵园是市级烈士纪念设施保护单位。园内共安葬各时期有名烈士二百零二名、无名烈士十七名，是章丘区干部群众接受爱国主义教育、革命传统教育、党史教育和德育的重要阵地之一。到达烈士陵园，来到人民英雄纪念碑前，同学们怀着崇敬感恩的心情向烈士敬献花篮，表达对烈士的深切悼念和无限哀思。同学们握起右拳，面对人民英雄纪念碑庄严宣誓：艰苦奋斗，自强不息，勤学报国，不负青春。

通过活动，同学们认识到今天的生活来之不易，要学会感恩，珍惜今天的美好生活；要增强爱国情怀和社会责任感；要以先辈们为榜样，从"我"做起，勇挑重担，争做担当民族复兴大任的时代新人。

今日思悟 _____

_____

今日践行 _____

_____

7月16日

今日正能量微演讲197：

<h2 style="text-align:center">永远的丰碑</h2>

——行走在坚实大地上的党史教育课之八

为了弘扬革命精神，促进学生"学史明理、学史增信、学史崇德、学史力行"，进一步增强爱国主义情怀和为国为民的责任担当，进而知史爱党、知史爱国，立志成为担当民族复兴大任的时代新人。章丘四中组织开展"传承红色基因 赓续精神血脉"为主题的"行走在坚实大地上的党史教育课"系列活动。

今天，同学们来到章丘第一支抗日武装纪念馆。章丘第一支抗日武装纪念馆位于普集街道，是章丘区唯一的济南市红色足迹基地。

通过参观，同学们仿佛穿越到了那烽火燃烧的岁月，感受先烈们救亡图存的抗争、浴血奋战的激情；同学们立志让抗日的薪火代代相传，让精神的丰碑永远屹立。

每一名青年学生，都要坚定做到"勿忘昨天的苦难辉煌，无愧今天的使命担当，不负明天的伟大梦想"，永远听党话、跟党走，努力"为党成人，为国成才"，成长为中国特色社会主义事业的优秀建设者和可靠接班人。

今日思悟 _____

_____

今日践行 _____

_____

7月17日

今日正能量微演讲 198：

红色的烙印

　　章丘广电小记者到他们"最近最近的未来——章丘四中"参观，我给小记者们做"二〇三五年的你 二〇三五年的中国"演讲，带领小记者们参观了章丘四中青少年党史教育基地。由于我本人讲得比较有意思，演讲会受到孩子的热烈欢迎。通过参观章丘四中青少年党史教育基地，小记者们更是受到了心灵上的震撼。

　　参观结束后，有一个小记者激动地跑到我跟前说："老师您辛苦了，您讲得太好了！一开始共产党太难了，共产党真的太伟大了，谢谢您！"然后，他给我鞠了一个躬。

　　我被这份天真无邪的孩子气打动着。孩子，感谢你的鼓励。今天的讲解，也一定给你和小记者们镌刻上了红色的烙印。

今日思悟 _____

_____

今日践行 _____

_____

_____

7月18日

今日正能量微演讲 199：

学校的灵魂是学生

学校放假了，昔日生机勃勃的校园顿时变得静悄悄的。

漫步校园，夏日里的微风吹拂，心中满是惬意。望山湖的鱼儿在自由自在地游，树上的鸟儿在叽叽喳喳地叫；名相阁飞檐上的灰喜鹊在唱着婉转的歌；章丘文化环形步道上，两只鸽子在悠闲散步；清照园里的翠竹随风摇曳，树上的蝉不知疲倦地欢唱着……一切的一切，都是那样的美好，那样的轻松，而这美好、这轻松，总感觉少了一点什么。

仅仅是学生不在校的第一天，便感觉跟学生们在校时有如此强烈的巨大反差。少了学生便少了生机、少了活力、少了激情、少了灵魂……

当老师的要永远记得，学校的灵魂是学生。

今日思悟 _____

_____

_____

今日践行 _____

_____

_____

_____

7月19日

今日正能量微演讲 200：

挖一口自己的深水井

——赢在假期（1）

赢在假期——赢在什么？也许赢在心态的调整，赢在身体素质的提升，赢在错题的改正，赢在难题的突破，等等。

在演讲开篇中准备讲一个故事，说德云禅师和一位痴圣一同用积雪掩埋一口水井，他们想用雪把水井掩埋掉。这个行动毫无疑问地引来围观群众的嘲笑，因为连小孩都知道，雪不可能把水井封住。

原来德云禅师在进行一个伟大的反面教化，他行动的背面蕴藏着一个真理——只要你的心中有一口泉水涌动的活井，即使是再严寒的冰雪，也无法封冻你的生活和求索。

而我们要做的也许就是挖一口自己的深水井。

今日思悟

今日践行

7月20日

今日正能量微演讲201：

假期是用来追赶和超越的
——赢在假期（2）

跟几位现在的中学生家长——我当年的学生聊天，他们感觉假期对于孩子们来说，确实是太重要了。

其中一位家长说，他孩子的假期排得满满的，白天在济南参加几个课程班的辅导，晚上回到明水，再参加一个班的辅导。有时候，路上遇到堵车，连晚饭也顾不上吃，就匆匆忙忙转场。

假期是用来追赶和超越的，但也允许我轻轻地说一句，假期也是用来适当调整和休息的。我们当老师和家长的，请务必把握好"追赶超越"和"适当调整休息"的关系（凡事把握好度），以更好地利用假期，促进孩子们健康快乐成长。

今日思悟 _____

_____

_____

今日践行 _____

_____

_____

7月21日

今日正能量微演讲 202:

赢在假期的三个金句

——赢在假期（3）

今天上午，到章丘区融媒体中心录制《赢在假期》的讲座。跟假期中的同学们交流三个金句，意思是把讲座的内容都忘记，就记住几句金句就好。

一、放假，可放松，不可放纵！

二、自由，更要自律。

三、假期是用来超越的。

祝愿同学们脚踏实地，查缺补漏，赢在假期，创造辉煌，健康成长。

今日思悟 _____

_____

_____

_____

今日践行 _____

_____

_____

_____

7月22日

今日正能量微演讲203：

赢在规划和落实

——赢在假期（4）

比较长的假期将成为新的转折点，充分利用假期，赢在假期。

这就要求我们做好认真的反思、总结，制订好假期的学习、健体、劳动等素质提升计划，按照计划，严格落实。这样，我们就会在原来优秀的基础上更加优秀，也会在原来不太优秀的基础上，后来居上，转变为优秀。

"赢在假期"具体如何做？建议根据自己的实际情况，在老师、家长的帮助下，制订详细可行的计划，计划包括每天的学习计划、读书计划、健身计划、家务劳动计划等方面。计划制订好后，还要有一定的机动时间，重要的是通过自己的努力落实好计划。

当然，在假期中，我们会面临各种诱惑、各种理由、各种借口，随便一个就会使计划无法进行，所以坚持计划比较难，正因其难才更显其价值和意义。

面对假期，赢在规划，你准备好了吗？愿你的回答是自信、坚定的，更愿你回答问题时的心情如春日暖阳般温暖、灿烂……

今日思悟 _____

_____

今日践行 _____

_____

7月23日

今日正能量微演讲204：

早　起

——赢在假期（5）

　　假期就是假期，我们大多数的人都会放松一下，较平时上班起得晚一些，这都是可以理解并接受的。但若是天天晚起，那就真的谈不上"赢在假期"，甚至可能是"毁在假期"了。

　　"一日之计在于晨"，早起的诸多益处每个人都非常清楚，就不一一列举，劳你心神了。也相信，有很多的朋友，包括成人、小朋友都有早起的好习惯。在假期中，他们也继续保持着自己的好习惯。当然，也有一部分朋友做得不那么好，对于这部分朋友，肯定不需要告诉他早起的诸多益处，因为，这些道理每个人都清楚，只是没有下定决心，扎扎实实地做好罢了。

　　早起，是赢在假期的第一步，你能做到吗？至于几点算是早起，我们自己问问自己的内心就可以了。美国作家和诗人埃拉·惠勒·威尔科克斯说："一天之中最美好的时光在黎明。"《朱子家训》首句也说"黎明即起"。让我们尝试早起，坚持早起，进而享受早起的喜悦、幸福和满足，然后进步、成长。

今日思悟 _____

_____

今日践行 _____

_____

7月24日

今日正能量微演讲205：

吃早餐

——赢在假期（6）

早起，是赢在假期的第一步。

早起，就会使我们有更多的时间和精力处理更多的事。早起之后，吃早餐应该是最重要的事情。

不吃早餐的危害，应该正如早起吃早餐的益处一样，每个人都能够说出很多条。而事实上，我们确实是不需要从正反两个方面知道那么多条，也许，我们只需要做到或坚持一条就好：吃早餐。当然，既然是早餐，就不会是很晚的一天的第一顿饭，而是切切实实的早餐。

若说，早起是赢在假期的第一步，那吃早餐就是赢在假期的第二步。认认真真地吃早餐吧。你吃了吗？

今日思悟 _____

_____

_____

今日践行 _____

_____

_____

7月25日

今日正能量微演讲206：

至少学会做两个菜

——赢在假期（7）

"在学生中弘扬劳动精神，教育引导学生崇尚劳动、尊重劳动，懂得劳动最光荣、劳动最崇高、劳动最伟大、劳动最美丽的道理，长大后能够辛勤劳动、诚实劳动、创造性劳动。"

然而，现在的学生，平时上学都很忙，即使是农村学校的学生，也没有了秋假、麦假，基本也不会参加田间地头的劳动，就连基本的家务劳动，大都很少有时间参加。放假了，时间相对宽松，而家务劳动是其他劳动的基础，通过家务劳动，能够培养很多能力和习惯。建议家长鼓励孩子，利用假期，学会做两个菜，学会做一两种面食。

美国哈佛大学一项长达七十五年的研究发现，爱做家务的孩子，拥有更多的幸福感。

赢在假期，孩子们在假期中学会做菜，由此带来的成长和变化，一定会令我们惊诧和兴奋。

今日思悟 _____

_____

今日践行 _____

_____

7月26日

今日正能量微演讲207：

不要因无知无畏而糟蹋身体

——赢在假期（8）

放假了，同学们在家和外出的活动都增加了。

走在街上，随时都会看见有些学生在吃着冰凉的东西。其实，别说现在是夏天，即使在冬日，也会偶尔看见，露着脚踝、喝着冷饮的年轻人。这虽说是一道青春亮丽的风景——但我却也隐隐有一些担忧。

我没有学过中医，但听中医讲过，也翻过几页《伤寒杂病论》。虽不能说"百病皆有寒凉起"，但有很多疾病，都与寒凉有关。

赢在假期，让我们关爱自己的身体吧，不要因无知无畏而放肆地糟蹋身体，努力避免将来甚至是不远的将来，为今天的无知无畏和放肆买单。

今日思悟 _____

_____

_____

_____

今日践行 _____

_____

_____

_____

7月27日

今日正能量微演讲 208：

读书、行路、健身、阅人
——赢在假期（9）

"读万卷书，行万里路，阅千万人"会是我们很多人在生活中的梦想。

我们平时忙于工作，难得闲暇，我们完全可以利用这难得的假期，去实现自己的梦想。

"读书，行路，健身，阅人"关键在于落实。从今天起，或慵懒于床榻桌前，读一本正书；或自驾轻游，来个旅途游走；或访久未联系之旧友新朋，畅叙人生……

"读书，行路，健身，阅人"择其一为之，则可心旷神怡，赢在假期矣！让我们开始吧。

今日思悟 _____

_____

_____

今日践行 _____

_____

_____

_____

7月28日

今日正能量微演讲209：

字是笔试试卷的脸

——赢在假期（10）

同学们参加各种考试后，在阅卷过程中，呈现在老师面前的无论是纸质试卷，还是电脑上的扫描试卷，阅卷老师都是通过阅读试卷来了解认识你这个人的。

古人在写信时有一个惯用语，叫"见字如面"，也叫"见字如晤""见字如握"等，意思是说，捧着你的信，读到你的字，就如同见到你的人，就像与你在面对面说话一样。

字是笔试试卷的脸，我们要把字写规范认真，给人家一张干干净净的脸，让阅卷老师身心通泰、心情舒畅。请允许我偷偷告诉你，阅卷老师一般都会朴素地认为，字写得规范认真、卷面整洁规范的同学就是优秀的同学。

利用这个假期，好好练练字，争取把字写得端正、规范、认真一些如何？要知道，字可是笔试试卷的脸呢……

今日思悟 _____

_____

今日践行 _____

_____

7月29日

今日正能量微演讲210：

彻底解决随时出现的错题

——赢在假期（11）

敬请同学们记住：改正一道错题，比做对一百道题更有价值。

那如何利用假期，改正错题呢？

1.正确认识错题，分析错误原因。2.针对错误原因，对错题进行更正。3.更正之后，做几道同类的题目，再巩固一下。4.把今天修改的错误，在晚上的时候，再做一遍，看能否做对。注意是做不是看，因为人往往是眼高手低。5.三天以后再集中修订一下。6.一周以后再把本周的错误集中修订一下。7.一个月后再整理一下。把完全熟悉的、已经改正的错误删除，接着再增加新的错误。不要认为这样做浪费时间，我们的目的不是题目做多做少的问题，我们的真正目的是掌握知识。而只有把错误修正，才能使我们真正掌握知识。因此，要充分利用假期，坚决消灭随时出现的错题。

今日思悟 _____

_____

今日践行 _____

_____

_____

7月30日

今日正能量微演讲211：

冲啊，突破那道最难的题

——赢在假期（12）

假期了，终于有一整块时间，静下心来，彻底解决一下自己的难题了！

那如何进行难题突破呢？难题突破第一位，首先是要建立起强大的攻克难题的信心和实力，这就需要我们做大量的准备工作。

1.找出难题。找来今年或近几年全国高考（中考）各套试题中最具典型性的，对于自己是难题的六道同一类型的题目。2."解剖麻雀"。从找出的六个难题中，选出其中一道通过问老师、查课本、看课外书，把这道题的来龙去脉、原理、所有的知识点搞清楚。解决第一道题时，不要怕慢，要有小蚂蚁啃骨头的精神，告诉自己一定能啃下来，鼓励自己一定要啃下来……3.把选出的第一道题做完美。4.然后用同样的方法把其他五道题目做好。

经过这六道题的锤炼，再见到这些题的时候，就会像见到家人般亲切温暖了。

今日思悟 _____

_____

今日践行 _____

_____

7月31日

今日正能量微演讲 212：

跨界学习和交流

——赢在假期（13）

同行之间的学习交流能够使你发生量的提高，而跨界、跨领域的学习交流则有可能使你发生质的改变，因此，要多一些跨行业、跨领域的学习和交流。

在平时工作中，很难有时间和机会去跨界学习、交流。利用假期，则可以较好地去完成。

可以读几本非本专业的其他领域的著作，从书中寻找突破点；可以去拜访非本领域的行家，聆听行家的感悟与分享。而这些无疑会让我们不由自主地想到自己的工作，从而给我们的学习和生活给予高屋建瓴、豁然开朗、新颖实用的指导。

利用假期，我们要努力做一点跨界学习，争取不断提升自己。

今日思悟 _____

_____

今日践行 _____

_____

_____

八月

唤醒沉睡心底的『英雄梦』

8月1日

今日正能量微演讲 213：

唤醒沉睡心底的"英雄梦"

今天是八一建军节，感谢中国人民解放军为祖国作出的伟大贡献，祝福退役的、现役的、即将成为中国人民解放军的所有人节日快乐、健康幸福、事业辉煌。

军人是每个时代的英雄。而我们大多数人，尤其是男孩子，小时候也都会有那样一个英姿飒爽、气贯长虹的英雄梦，期盼着穿上那一身绿色的军装，期盼着有一枚闪闪的红星……只是随着时间流逝，随着所谓阅历增加，那梦想被一点点地压在心底深处，就像是从来没有过一样。而今天，我们可以大声地唤醒那个沉睡心底的、充满理想主义光辉的英雄梦，我们将因那被唤醒了的英雄梦而悦纳自己、欣赏自己、敬佩自己，我们将因那被唤醒了的英雄梦而更加努力前行……

今日思悟 _____

_____

今日践行 _____

_____

_____

<u>8月2日</u>

今日正能量微演讲214：

精气神

我一直以来有一个观点：任何行业都不乏出类拔萃者，但相较于其他行业的人，军人和运动员出身的人似乎是更容易取得事业的成功。

看到李稻葵博士的一篇文章，更进一步加深了这一认识。李稻葵博士说，为什么运动员出身的人在社会中往往脱颖而出？因为，他们有难以击垮的信心和号召力，他们懂得如何去竞争，懂得团队合作。这恰恰是一个成功者应该具备的素质。

我们大多数人都不是军人、运动员，但是，我们却同样可以有军人精神和体育精神，我们可以有不怕牺牲、排除万难去争取胜利的满腔豪情和顽强拼搏的意志品质；可以有在困难面前"嗷嗷叫"直至战胜困难的精气神。若真的这样，我们就可以取得辉煌的成绩。

我们如何培养自己的军人精神和体育精神呢？若我们是老师和家长，我们又该如何去指导我们的学生和孩子培养这种精神呢？请深思……

今日思悟 _____

_____

_____

今日践行 _____

_____

_____

8月3日

今日正能量微演讲 215：

"做一个战士"

　　巴金在他的散文《做一个战士》中写道："战士是永远追求光明的。""战士是永远年轻的。""战士是不知道灰心与绝望的。他甚至在失败的废墟上，还要堆起破碎的砖石重建九级宝塔。任何打击都不能击破战士的意志。""战士是不知道畏缩的……他能够忍受一切艰难、痛苦，而达到他所选定的目标。"

　　其实，我们每一个人都是自己的钢铁战士，无论你是参加高考百日誓师大会的高考学生，是全国各地抗击疫情的白衣天使，还是扶贫攻坚路上的志愿者，抑或是乡村振兴的带头人……我们，都是光荣而又英雄的战士。

　　"不获全胜，绝不轻言成功。"让我们做一个战士、做一个勇士，

　　让我们去战斗，去夺取更大的胜利。

今日思悟 _____

_____

_____

今日践行 _____

_____

_____

_____

8月4日

今日正能量微演讲216：

精神之刃与科学利剑

全国抗击疫情进入大决战阶段，我们要高扬精神之刃和科学利剑，去夺取抗击疫情的全面胜利。

德国军事理论家克劳塞维茨，是近代军事战略学的奠基人，他的不朽兵学巨著《战争论》，是所有军人必读的兵学圣经，被称作西方军事思想的代表。他也因此被称作"西方兵圣"。

克劳塞维茨曾说："物质的原因和结果不过是刀柄，精神的原因和结果才是贵重的金属，才是真正锋利的刀刃。"

在两军对垒的战场上，精神之刃更加重要，而在抗击疫情的战场上科学利剑和精神之刃同样重要。

我们每一名战士都要高扬科学利剑，淬炼锋利的精神之刃去击退病魔，战胜疫情，早日迎接春回华夏。

今日思悟 _____

_____

_____

今日践行 _____

_____

_____

8月5日

今日正能量微演讲217：

中国军人的血性和意志（1）

2015年，金一南在名为"胜利的刀锋"的演讲中讲到杨靖宇将军，他讲了杨靖宇与村民赵廷喜的一段对话。

蒙江县"保安村"村民赵廷喜，见杨靖宇几天没有吃饭，脸上、手上、脚上都是冻疮，赵廷喜说："我看还是投降吧，如今满洲国不杀投降的人。"

孤军奋战的杨靖宇沉默了一会儿，对赵廷喜说："老乡，我们中国人都投降了，还有中国吗？"

冰天雪地之中，四面合围之下，杨靖宇用周身沸腾的热血和整个生命，极大地表现出中国人惊天地、泣鬼神的人性，这就是中国军人的血性，这就是中国的脊梁！

今日思悟 _____

_____

_____

_____

今日践行 _____

_____

_____

_____

8月6日

今日正能量微演讲 218：

中国军人的血性和意志（2）

1950年冬，在朝鲜战场上，中国人民志愿军第九兵团与美国海军陆战队第一师一决雌雄，史称"长津湖战役"。这场战役是整个朝鲜战场局势被彻底改变的重要拐点，美军试图在1950年圣诞节前夕发起的"结束朝鲜战争总攻势"的计划破灭，狂妄的美军不得不撤退，并经历了有史以来"路程最长的退却"。美军败给了伟大的中国人民志愿军，领略了中国军人的血性和意志。

这是一场不对等的战争，中国人民志愿军没有坦克、没有空军，能用的武器只有步枪、冲锋枪、刺刀和手榴弹，与现代化装备的美军根本没法比。战士们穿着单衣，冒着枪林弹雨，一波又一波进攻，许多士兵拖着被冻得坏死的腿也要进攻，刀山火海挡不住战士的步伐，只要有口气就要进攻。

血性需要唤醒，精神需要传承。

今日思悟 _____

_____

_____

今日践行 _____

_____

_____

8月7日

今日正能量微演讲219：

中国军人的血性和意志（3）

在朝鲜战场上，中国人民志愿军的敌人不仅有强大的美军，还有严寒。第九兵团的战士大部分是南方人，缺乏严寒天气的生活经验，更要命的是缺乏棉服。与之相对，美军人手一件大衣、一个鸭绒袋。即便如此，-40℃的严寒对谁都是极限挑战。

中国人民志愿军的战斗意志钢铁般坚强，无所畏惧，不怕牺牲，前仆后继，慨然赴死。

在死鹰岭，穿着防寒装的美军见到了令他们震惊的一幕：一百二十多位已经冻成"冰雕"的志愿军战士保持着战斗姿势，与手中的武器冻在了一起，一百二十多杆枪都朝着同一个方向……

战士的意志变成了气壮山河的冰雕，后来，战友们在第六连一位上海籍战士宋阿毛身上发现了一首绝笔诗：

我爱亲人和祖国 / 更爱我的荣誉 / 我是一名光荣的志愿军战士

冰雪啊！我决不屈服于你

哪怕是冻死，我也要高傲地耸立在我的阵地上。

今日思悟 _____

_____

今日践行 _____

_____

8月8日

今日正能量微演讲220：

中国军人的血性和意志（4）

1952年10月14日，朝鲜战场上，惊天动地的炮击声打响了上甘岭战役。第八集团军司令兼"联合国军"地面部队司令官范弗里特集中了三百余门大口径火炮、一百七十多辆坦克和三千多架次飞机，他要五天攻占上甘岭——两座海拔五百多米高的山包。

然而，令他没有想到的是，"联合国军"发射了一百九十多万发炮弹和五千余枚炸弹，伤亡两万五千人，损失了二百七十四架飞机。尽管表面阵地几易其手，山上的土石被炸成了两米多厚的焦土，但在四十三天后，上甘岭依然牢牢掌握在志愿军手中。

毛泽东夸赞上甘岭战役是个奇迹，他说："它证明了中国人民志愿军的骨头，比美利坚合众国的钢铁还要硬！"

钢少气多，这就是血战上甘岭的志愿军将士的气概，就是千千万万优秀中华儿女的气概，就是已经站起来的中华民族的气概。

今日思悟 _____

_____

_____

今日践行 _____

_____

_____

8月9日

今日正能量微演讲221：

中国军人的血性和意志（5）

日本防卫厅战史《朝鲜战争》评价道：志愿军在美军完全掌握了制空权，又极度缺乏装备、弹药、食物和防寒用具的情况下，依旧忠实地执行对敌人的进攻任务。我们至今难以想象，这些近一个月内空着肚子，弹匣内只有几颗子弹的士兵们，为何只要没有倒下，便一刻不停止那日渐绝望的漫长追击。

双方的交战，演化成钢铁与筋骨的较量、实力与血性的比拼。美军士兵所依赖的，是世界强国令人生畏的科技与工业制造能力；中国士兵所依靠的，则是敢于胜利的信心和坚韧不拔的毅力。

这就是毛泽东提倡的"无论在任何艰难困苦的场合，只要还有一个人，这个人就要继续战斗下去"的精神。有信仰的军队才是真正有战斗力的军队，才是真正的军魂。

今日思悟 _____

_____

今日践行 _____

_____

_____

8月10日

今日正能量微演讲 222：

中国军人的血性和意志（6）

不做佛系，铸就血性。

"砍头不要紧，只要主义真。"

"敌人只能砍下我们的头颅，决不能动摇我们的信仰。"

"宁可前进一步死，绝不后退半步生！"

"一不怕苦，二不怕死。"

"锤炼我们的精神之刃！"

军人就要有军人的风采，军人就该有军人的血性，军人的青春更是要用命去拼，铁血卫中华并不是诗中遥远的文字，而是现实中中国军人的价值追求与责任担当，铸梦军旅，无悔韶华！

"崇尚英雄才会产生英雄，争做英雄才会英雄辈出。"我们绝不做佛系青年，我们誓做血性中国人！

今日思悟 _____

_____

_____

今日践行 _____

_____

_____

8月11日

今日正能量微演讲223：

全军挂像英模简介（1）

——张思德：为人民利益而死重于泰山

张思德，四川省仪陇县人，1933年参加红军，1935年参加红四方面军长征，并随部队长征到达延安，1937年加入中国共产党，曾担任中央警备团警备班长和毛泽东的卫士。1944年9月5日，他带领战士们在陕北安塞县（今延安市安塞区）执行烧炭任务时，即将挖成的窑洞突然塌方，他奋力把战友推出洞去，自己却被埋在窑洞，牺牲时年仅二十九岁。

1944年9月8日，中央直属机关在延安凤凰山脚枣园沟口操场上为他举行了追悼会。追悼会上，毛泽东作了题目为"为人民服务"的悼念讲话。毛泽东高度评价道："张思德同志是为人民利益而死的，他的死是比泰山还要重的。"

今日思悟 _____

_____

_____

今日践行 _____

_____

_____

8月12日

今日正能量微演讲224：

全军挂像英模简介（2）

——董存瑞：舍身为国，永垂不朽

董存瑞，河北省怀来县人，1945年入伍，1947年3月加入中国共产党。1948年5月25日，中国人民解放军攻打隆化城，董存瑞所在连队担负攻击敌军防御重点隆化中学的任务。他任爆破组组长，带领战友接连炸毁四座炮楼、五座碉堡。连队发起冲锋时，突然遭一座隐蔽的桥型暗堡猛烈的火力封锁，部队受阻于开阔地带。董存瑞挺身而出，毅然抱起炸药包，冲向暗堡，前进时左腿负伤，仍坚持冲至桥下。由于桥型暗堡距地面过高，两头桥台又无法放置炸药包。危急关头，他毅然用左手托起炸药包，一声巨响震得地动山摇，暗堡被炸毁了，董存瑞也壮烈牺牲，年仅十九岁。

1948年，第四野战军第十一纵队追授董存瑞为"战斗英雄""模范共产党员"称号，命名其生前所在班为"董存瑞班"。1957年5月29日，朱德委员长为董存瑞题词"舍身为国，永垂不朽"。

今日思悟 _____

_____

今日践行 _____

_____

_____

8月13日

今日正能量微演讲 225：

全军挂像英模简介（3）

——黄继光：奋不顾身，凯歌百代

黄继光，四川省中江县人，1951年3月参加中国人民志愿军。1952年10月，在抗美援朝上甘岭战役奉命夺取上甘岭西侧某高地中，部队受阻于零号阵地，连续组织三次爆破均未奏效。关键时刻，黄继光挺身而出，带领两名战士勇敢机智地连续摧毁敌人几个火力点，一名战友不幸牺牲，另一名战友身负重伤，他的左臂也被打穿。面对敌人的猛烈扫射，他毫无畏惧，忍着伤痛，迅速抵近敌中心火力点，连投几枚手雷，敌机枪顿时停止了射击。当部队趁势发起冲击时，残存地堡内的机枪又突然疯狂扫射，攻击部队再次受阻。这时，黄继光多处负伤，弹药用尽。为了战斗的胜利，他顽强地向火力点爬去，靠近地堡射孔时，奋力扑上去，用自己的胸膛，死死地堵住了敌人正在喷射火舌的枪眼，壮烈捐躯，年仅二十一岁。

战后，部队党委追认他为中国共产党党员，追授"模范团员"称号。中国人民志愿军给他追记特等功，并追授"特级英雄"称号。

今日思悟 _____

_____

今日践行 _____

_____

8月14日

今日正能量微演讲226：

全军挂像英模简介（4）

——林俊德：以智殉国，至死攻坚

林俊德，福建省永春县人，中国爆炸力学与核试验工程领域著名专家、原总装备部某试验训练基地研究员。

20世纪90年代，林俊德启动核试验地震、余震探测及其传播规律研究，为中国参与国际禁核试核赢得了重要发言权。2001年当选院士后，他主动担纲某重大国防科研实验装备的研制任务，带领攻关小组连续攻克方案设计、工程应用、实验评估等难关，取得了关键技术的重大突破，研制了适合各种实验要求的系列重要装备。离世前三天，病情突然恶化的林俊德意识到自己来日无多，拒绝了医院延长自己生命的最后努力，强忍剧痛坚持下床工作，把手中的重大国防科研工作一一交代给同事和学生们。

2013年2月18日，中央军委追授林俊德"献身国防科技事业杰出科学家"称号，颁发了追授林俊德的一级英模勋章和证书。

今日思悟 _____

_____

_____

今日践行 _____

_____

_____

8 月 15 日

今日正能量微演讲 227：

铭记历史，强大国家，珍爱和平，提高警惕

今天是日本投降纪念日。

在世界局势风起云涌的今天，我们尤其要做到铭记历史，提高警惕。

习近平总书记多次强调，前事不忘，后事之师。我们强调牢记历史并不是要延续仇恨，而是要以史为鉴、面向未来。

历史是最好的教科书，也是最好的清醒剂。中国人民对战争带来的苦难有着刻骨铭心的记忆，对和平有着孜孜不倦的追求。纵观世界历史，依靠武力对外侵略扩张最终都是要失败的，这是历史规律。中国将坚定不移走和平发展道路，并且希望世界各国共同走和平发展道路，让和平的阳光永远普照人类生活的星球。

让我们铭记历史，强大国家，珍爱和平，提高警惕，为中华民族伟大复兴贡献自己的力量。

今日思悟 _____

_____

_____

今日践行 _____

_____

_____

8 月 16 日

全军挂像英模简介（5）

——邱少云：严守纪律，烈火永生

邱少云，四川省铜梁县（今重庆市铜梁区）人，1949 年入伍。1952 年 10 月，为打击盘踞在上甘岭的敌军，邱少云被选派参加潜伏部队，并担任了发起冲击后扫除障碍的爆破任务。在反击 391 高地潜伏战斗中，敌机向他所在的潜伏区进行低空扫射，并投掷燃烧弹。飞迸的燃烧液燃遍他全身。为了不暴露潜伏目标，为了胜利，他忍受烈火烧身的剧痛，一动不动，将双手深深地插进泥土里，身体紧紧地贴着地面，直至壮烈牺牲，年仅二十六岁。他的牺牲，保证了潜伏的成功，使整场战斗取得了胜利。

1953 年 6 月，中国人民志愿军授予他"一级英雄"荣誉称号。

今日思悟 _____

_____

_____

_____

今日践行 _____

_____

_____

_____

<u>8 月 17 日</u>

今日正能量微演讲 229：

全军挂像英模简介（6）

——雷锋：公而忘私，平凡而伟大

雷锋，湖南省长沙县人，1960 年 1 月入伍，1960 年 11 月加入中国共产党。

无私奉献是雷锋同志一生的写照。1960 年初夏的一个星期天，雷锋肚子疼到团部卫生连开了些药，回来后，见一个建筑工地上正热火朝天地给本溪路小学盖大楼，烧水棚旁有几辆空车，雷锋推起一辆就走，加入运砖的行列。1960 年 8 月，驻地抚顺发洪水，运输连接到了抗洪抢险的命令，雷锋忍着刚刚参加救火被烧伤的手的疼痛与战友们在上寺水库大坝连续奋战了七天七夜……1962 年 8 月 15 日上午 8 时，雷锋与战友乔安山在准备前去洗车时，雷锋下车指挥倒车，车轮打滑，碰倒了一根晾衣服的木杆，这根木杆打到了雷锋左太阳穴上，雷锋当即昏死过去，经抢救无效逝世，年仅二十二岁。

1963 年 3 月 5 日，毛泽东题词："向雷锋同志学习。"

今日思悟 _____

_____

_____

今日践行 _____

_____

_____

8 月 18 日

今日正能量微演讲 230：

全军挂像英模简介（7）

——苏宁：舍身救人，爱岗敬业

苏宁，山西省孝义县（今孝义市）人，1969 年 2 月入伍，1973 年 3 月加入中国共产党。参军以后，苏宁全身心投入国防科研，为国防现代化建设做出了突出的成绩，还曾三次冒着生命危险保护战友。1991 年 4 月 21 日上午，炮兵团按预定计划成建制连进行手榴弹实弹投掷训练，苏宁负责现场指挥。轮到十二连投弹时，发生了意外情况：一名投弹手由于挥臂过猛，弹体碰撞到堑壕后沿，手榴弹落在距离不足一米的监护员脚下。苏宁在手榴弹即将爆炸的危急时刻，不顾个人安危，大喊一声"快卧倒"，并一个箭步冲过去，一把推开监护员，俯身抓起手榴弹，想把手榴弹扔出堑壕，但手榴弹还未出手就爆炸了。苏宁身负重伤，经抢救无效光荣牺牲。

1993 年，中央军委授予苏宁"献身国防现代化的模范干部"荣誉称号。

今日思悟 _____

_____

_____

今日践行 _____

_____

_____

8月19日

今日正能量微演讲 231：

全军挂像英模简介（8）

——张超：逐梦海天，强军先锋

张超，湖南省岳阳市人，歼–15 舰载机一级飞行员，海军少校军衔。2016 年 4 月 27 日 12 时 59 分，张超在驾驶舰载战斗机进行陆基模拟着舰时，突发电传故障，危急关头，他果断处置，尽最大努力保住战机，错失跳伞自救最佳时机，经抢救无效壮烈牺牲。他是为人民海军航母舰载机事业牺牲的首位英烈，现场视频和飞参数据显示，从 12 时 59 分 11.6 秒发现故障到 59 分 16 秒跳伞，短短 4.4 秒时间里，他只有一个动作，就是竭尽全力推操纵杆，力图制止机头上扬，避免战机损毁。要知道 4.4 秒对于排除故障是短暂的，但对于生死关头实施自救却已足够。

2016 年 11 月，他被追授为"逐梦海天的强军先锋"。

今日思悟 _____

_____

今日践行 _____

_____

_____

8月20日

今日正能量微演讲 232：

全军挂像英模简介（9）

——李向群：胸怀远大志向 追求高尚人生

李向群，海南省琼山市（今海口市琼山区）人。1996年12月入伍，共产党员。在1998年抗洪抢险斗争中英勇献身。

李向群生长在一个改革开放后富裕起来的家庭，他家富不忘报国，具有崇高的人生追求、强烈的进取意识、高尚的道德情操和无私的献身精神，用灿烂的青春书写了壮丽的人生凯歌，是继雷锋之后我军涌现出的又一个具有鲜明时代特征的先进典型。

1999年3月，中央军委追授他"新时期英雄战士"荣誉称号。江泽民同志亲笔题词"努力培养和造就更多李向群式的英雄战士"，号召全军广大官兵向他学习。

今日思悟 _____

_____

_____

今日践行 _____

_____

_____

8月21日

今日正能量微演讲 233：

全军挂像英模简介（10）

——杨业功：清正廉洁，殚精竭虑

杨业功，湖北省应城市人，1963 年入伍，1966 年 2 月加入中国共产党，历任战士、班长、排长、参谋、作训处长、旅长、基地副参谋长、副司令员、司令员等职。

入伍四十多年来，他牢记军人的神圣职责和历史使命，奋发向上，争先创优，特别是走上基地领导工作岗位后，殚精竭虑，忘我工作，为部队现代化建设跨越式发展和军事斗争准备呕心沥血，拼搏进取，做出了突出成绩。先后荣立二等功一次、三等功两次。2003 年当选为十届全国人大代表，2004 年 7 月因积劳成疾病逝。

2005 年，中央军委追授他“忠诚履行使命的模范指导员”荣誉称号。

今日思悟 _____

_____

_____

今日践行 _____

_____

_____

8月22日

今日正能量微演讲234：

"四有"军人之"有血性"

2014年10月31日，习近平总书记在全军政治工作会议上提出培养"四有"军人的明确要求。"四有"指的是有灵魂、有本事、有血性、有品德。有灵魂就是要信念坚定、听党指挥，有本事就是要素质过硬、能打胜仗，有血性就是要英勇顽强、不怕牺牲，有品德就是要情趣高尚、品行端正。

有灵魂、有本事、有品德，是作为任何人都应该具备的，因为只有具备了，才能成为真正意义上的人。而有血性是军人的本性，是打胜仗的底气，是军人区别其他各行各业人的最根本的特性。"狭路相逢勇者胜"，习近平总书记多次强调，和平环境，决不能把兵带娇了，威武之师还得威武，军人还得有血性，"一不怕苦、二不怕死"的战斗精神决不能丢。

学校担负着培养国家和民族未来的重任，肯定包括培养输送一部分人成为军人的重任。军人的男儿血性，是在学生时代培养呢，还是要等到了部队再培养呢？答案肯定是在学生时代就播下"血性"的英雄种子。

今日思悟 _____

_____

_____

今日践行 _____

_____

_____

8月23日

今日正能量微演讲235：

同桌双将军

李笃信将军和李延国将军，在章丘四中（分校）上学的时候是同桌。

在学校读书时，二人就树立了高远的梦想和目标，勤奋学习，积极锻炼，修炼品德，互相鼓励、互相帮助，取得了优异的成绩。二人参军入伍之后，政治上要求进步，训练上严格要求，生活上勤俭朴素。在不同的部队，二人保持着密切的联系，进一步互相勉励，战胜学习、生活中的一切困难，在各自的工作中，创造了更加卓越的成就，双双晋升少将军衔，保持了深厚的同学情谊，谱写了一曲"同桌双将军"的佳话。

"同桌双将军"激励着四中学子们互帮互助、共同前进，携手并肩，创造辉煌。

今日思悟

今日践行

8月24日

今日正能量微演讲236：

抗震英雄

身边的榜样，前行的力量。

2008年5月12日，汶川地震。

章丘四中04届20班赵霖同学与山东警察学院07届的十一位同学自发组织起志愿团队，两次赶赴汶川抗震救灾。面对余震不断、堰塞湖险情，他们无惧艰险，不怕牺牲，在重灾区一线抢救伤员，押运分发救灾物资，预防次生灾害，维持社会治安，并对遇难警察家属捐款救助，表现出人民警察英勇无畏的牺牲精神，对人民的无限忠诚和热爱。

今日思悟 _____

_____

_____

_____

今日践行 _____

_____

_____

_____

8月25日

今日正能量微演讲 237：

解放军来了

我已经年过半百——早已不再年轻，但依然像儿时那样，一直对人民解放军满怀崇敬之情。

这次，河南水涝灾害，牵动着全国人民的心。人民子弟兵星夜集结，火速驰援。

虽然暴雨千年一遇，但是我们万众一心，众志成城……

无论我们身处哪个时代，自人民军队诞生之日起，就始终在践行着"一切为了人民"。他们总是用革命军人的钢铁意志，为人民筑起血肉城墙。

一句"解放军来了"，意味着送来了希望，意味着给予了安心，意味着内心的踏实，意味着一百个、一千个、一万个放心……

今日思悟

今日践行

8月26日

今日正能量微演讲238：

侠之大者，为国为民

侠，夹人者。象形文字，引申为助人。泛指通过自身力量不求回报地去帮助比自己弱小的人。这是一种精神，也是一种社会追求。武侠、仁侠、义侠都值得去尊重，他们是对社会和他人作出贡献的，且具备超出一般人的能力、勇气、道德、仁义，有大作为的人。

金庸先生曾在接受采访时表示，武侠小说的精神是"侠"字不是"武"字。"侠"就是牺牲自己的利益，去帮助人家，主持正义，这种精神在社会上是永远存在。

侠的最高境界：侠之大者，为国为民。作为社会主义现代化建设的生力军，让我们扎实学习、勤奋努力、茁壮成长！

今日思悟 _____

_____

_____

今日践行 _____

_____

_____

_____

8月27日

今日正能量微演讲 239：

智、仁、勇

子曰："君子道者三，我无能焉：仁者不忧，知者不惑，勇者不惧。"

《孙子兵法》强调："将者，智、信、仁、勇、严也。"智指智谋、谋略，将而无谋，兵之大忌，故排首位；信指信义，只有信义才能令人信服，使军队内部团结一致；仁指仁义，仁义的军队才能受到百姓的拥护，拥有好的声誉，民心所向；勇是指勇武，狭路相逢勇者胜，将勇则兵强，勇能生势，所谓兵之势也；严指纪律严明，只有严格要求才能军纪严整。

陶行知说："智、仁、勇三者是中国重要的精神遗产，过去它被认为'天下之达德'，今天依然不失为个人完满发展之重要指标。"

对照孔子自谦"我无能焉"的智、仁、勇三者指标，我们肯定是有着更大的差距。但是，这正说明我们有着巨大的潜力，更应该全力以赴、朝着智、仁、勇三者大步前进。与诸君共勉，思考践行。

今日思悟 _____

_____

_____

今日践行 _____

_____

_____

8月28日

今日正能量微演讲240：

责任担当，成就未来

章丘四中的文化理念是："百脉文化润心，创新精神铸魂，以梦想与担当成就人。"

在章丘四中校园内有一块巨石，巨石上刻着"天下兴亡，匹夫有责"八个大字，另一块巨石上刻着"先天下之忧而忧，后天下之乐而乐"。

李大钊的"铁肩担道义"讲的是责任担当，周恩来总理的"鞠躬尽瘁、死而后已"讲的是责任担当，每一个中国共产党员的"不忘初心、牢记使命"讲的是责任担当，疫情下的白衣天使的"最美逆行"讲的是责任担当……

作为当代青年的我们就应该像先辈那样，勇于担当、尽心竭力、坚守到底；就应该心怀"修身齐家治国平天下"的使命感和责任感，切实做到"责任担当，成就未来"，为自己的成长负责，为他人的幸福负责，为国家的现代化建设负责，为民族的伟大复兴负责，为人类命运共同体负责。

今日思悟 ＿＿＿＿＿＿＿＿＿＿＿＿＿＿＿＿＿＿＿＿＿＿

＿＿＿＿＿＿＿＿＿＿＿＿＿＿＿＿＿＿＿＿＿＿＿＿＿＿＿＿＿

今日践行 ＿＿＿＿＿＿＿＿＿＿＿＿＿＿＿＿＿＿＿＿＿＿

＿＿＿＿＿＿＿＿＿＿＿＿＿＿＿＿＿＿＿＿＿＿＿＿＿＿＿＿＿

＿＿＿＿＿＿＿＿＿＿＿＿＿＿＿＿＿＿＿＿＿＿＿＿＿＿＿＿＿

8月29日

今日正能量微演讲 241：

成为勇敢的人

利用假期，同学们怀着激动的心情，走进了驻地部队，进行为期三天的校外军训。

丘吉尔说："你若想尝试一下勇者的滋味，一定要像个真正的勇者一样，豁出全部的力量去行动，这时你的恐惧心理将会为勇猛果敢所取代。"正所谓"勇者无惧"，伴随勇敢的必定是沉着镇定的心态、所向披靡的行动、使命必达的作风。

我们坚信，经过短短三天的培训，每一个同学都会努力成长为最勇敢的人；都会成长为坚持做正义的事、正确的事的人；都会成为有勇气、有胆量、无所畏惧、勇担责任、决策果断、行动果敢，勇气与机智双全的人；都会成长为面对危险和困难，能冷静面对、深思熟虑、谨慎行事、稳重处世的人。让我们砥砺勇敢之心，成为一个勇敢的人。

今日思悟 _____

_____

今日践行 _____

_____

_____

8月30日

今日正能量微演讲 242：

让抗战精神浸润我们的身心

纪念中国人民抗日战争暨世界反法西斯战争胜利六十九周年座谈会全面阐述了伟大的抗战精神，那就是"天下兴亡，匹夫有责"的爱国情怀，视死如归、宁死不屈的民族气节，不畏强暴、血战到底的英雄气概，百折不挠、坚忍不拔的必胜信念。

在社会主义现代化建设的伟大进程中，面对全面深化改革进程中难啃的骨头、难涉的险滩、难爬的高山，我们同样需要伟大的抗战精神。

作为当代青年学生——未来社会主义现代化建设的主力军，我们面对着学习、生活中存在的各种各样的困难和问题，我们要让抗战精神浸润我们的身心，滋润我们成长。我们要用"天下兴亡，匹夫有责"的爱国情怀来感染自己，用不畏强暴、血战到底的英雄气概来激励自己，用百折不挠、坚忍不拔的必胜信念来引领自己，让抗战精神浸润身心，滋润我们成长去克服困难，去战胜挫折，去夺取学习和生活的全面胜利，去创造属于自己的辉煌，去担负起这个时代和民族所赋予的伟大复兴的神圣使命。

今日思悟 _____

_____

今日践行 _____

_____

8月31日

今日正能量微演讲243：

砥砺奋进每一天

天地英雄气，千秋尚凛然。

习近平总书记的号召铿锵有力，铮铮作响："我们要发扬光荣传统、传承红色基因，不忘初心、继续前进，努力在坚持和发展中国特色社会主义伟大进程中创造无愧于时代、无愧于人民、无愧于先辈的业绩。这是我们对老一辈革命家最好的纪念。"

习近平总书记激励我们把先烈的精神内化于心、外化于行。

学习英雄事迹，弘扬英雄精神，作为当代青年——祖国未来现代化建设的主力军，我们一定要从当下的每一天做起，扎扎实实地砥砺奋进，真正承担起民族伟大复兴的历史使命，去创造祖国更加美好灿烂的未来。

今日思悟 _____

_____

今日践行 _____

_____

_____

九月

努力做学生生命成长中的贵人

9月1日

今日正能量微演讲 244：

一切都是崭新的

新的学年、新的学期、新的一周、新的一天，一切都是崭新的⋯⋯

在这一切都是崭新的美好时刻，真诚地祝福每一位老师工作顺利如意，生活美满幸福；真诚地祝福每一位老师，都认认真真教书，踏踏实实做人，努力做好那个"学生生命成长中的最重要他人"，担负起唤醒、引领、激励同学们昂首前行的重任。

真诚地期盼每一位同学健康快乐茁壮成长，热爱党，热爱祖国，热爱人民，树立远大理想，担当时代责任，扎扎实实规划好自己的人生，朝着梦想健步前行。

今日思悟 _____

_____

_____

今日践行 _____

_____

_____

_____

9月2日

今日正能量微演讲245：

师者，所以唤醒、引领、激励也（1）

韩愈说："师者，所以传道授业解惑也。人非生而知之者，孰能无惑？惑而不从师，其为惑也，终不解矣。"

当今时代，单就知识获取方面来讲，"惑而不从师"，解惑渠道众多矣。

那老师的价值和意义在于什么？

我个人认为，老师在今天的价值和意义除了传道授业解惑，可能更多地在于唤醒、引领、激励。

唤醒每一个学生内心强大的积极健康向上的力量，引领着每一个学生朝着他的梦想和目标脚踏实地地不断前进，激励着每一个学生在前进过程中，遇到困难的时候，克服困难、保持旺盛的斗志；一帆风顺、略有骄傲的时候，激励学生戒骄戒躁、扎实前行。

师者，所以唤醒、引领、激励也！唤醒心灵，引领方向，激励行动！

今日思悟 _____

_____

_____

今日践行 _____

_____

_____

9月3日

今日正能量微演讲 246：

师者，所以唤醒、引领、激励也（2）

师者，所以唤醒、引领、激励也！唤醒心灵，引领方向，激励行动！

唤醒心灵，唤醒学生怎样的心灵呢？唤醒学生内心深处的强大的信心，唤醒学生做人做事坚持到底、永不放弃的恒心，唤醒学生对父母家人和他人的爱心，唤醒学生对单位集体和国家的忠心……

当然，有相当一部分学生，不用别人唤醒，因为，他们能够做到唤醒的最高境界：自我唤醒。

今日思悟 _____

_____

_____

_____

今日践行 _____

_____

_____

_____

_____

9月4日

今日正能量微演讲247：

师者，所以唤醒、引领、激励也（3）

那又如何去唤醒呢？

孔子说"不愤不启，不悱不发"。唤醒需要掌握好时机，你正急切地盼望着醒来，而我正好有这样恰到好处的一句话、一个人、一件事……

一句"王侯将相，宁有种乎"，唤醒了陈胜、吴广领导的弟兄揭竿而起；一句"打土豪，分田地"唤醒了全国受苦受难的农民兄弟纷纷走上革命的道路；一句"一切反动派都是纸老虎"唤醒了中华民族的自信心；一个伟大复兴的"中国梦"唤醒了整个中华民族，凝聚起磅礴向上的伟大力量……

有时候，唤醒我们的真的只是一句话，这句话就是"一语惊醒梦中人"的那句话，而要凝练成这一句话则需要长期艰苦深入地思考。

今日思悟 _____

_____

_____

_____

今日践行 _____

_____

_____

_____

9月5日

今日正能量微演讲 248：

师者，所以唤醒、引领、激励也（4）

　　榜样的力量是无穷的，要想唤醒自己心底沉睡的巨人，成长为自己想要成为的模样，在学习、生活中，我们可以找到两个榜样，一是在这一领域的中国乃至世界的领军人物，以此，作为灯塔，作为榜样，作为那个可以仰望的人，引领我们的目光，始终追随着这一领域的最前沿。二是从我们身边找到一个榜样，作为我们成长中某一阶段的目标，我们可以在一段时间内首先达到他那样的水平和境界。

　　两个榜样，一个供我们仰望星空，一个供我们脚踏实地，两个榜样，相得益彰，促进我们努力学习，不断前进。这样，我们自身的水平就会不断提升。

今日思悟 _____

_____

_____

今日践行 _____

_____

_____

_____

9月6日

今日正能量微演讲249：

师者，所以唤醒、引领、激励也（5）

前面说了唤醒的"一句话"——一语惊醒梦中人——语言的魔力，"两个人"——两个榜样——榜样的力量无穷，那还有什么能够唤醒心灵呢？

撼人心魄而又润物无声的事件、场景，也同样能够起到唤醒心灵的巨大作用。

观看天安门广场升旗仪式，足以唤醒我们作为中华民族一员的骄傲和自豪；参观南京大屠杀纪念馆，足以唤醒我们心中的使命与担当；参观改革开放四十年大型展览，足以唤醒我们对美好未来的希望、期盼和更加努力的信心、决心……

因此，我们要努力组织更多、更好的撼人心魄而又润物无声、浸润心田的活动，更好地促进学生们健康茁壮成长。

今日思悟 _____

_____

_____

今日践行 _____

_____

_____

9月7日

今日正能量微演讲250：

师者，所以唤醒、引领、激励也（6）

师者，所以引领也。那老师又引领学生做什么呢？

首先要引领学生正确的前进方向。

方向是学生前进和成长的首要问题。方向错误会对学生的成长和发展产生致命的影响，方向偏差会对学生的成长和发展产生极大的危害……

所以，当老师的首先要端正自己的三观，确保自己认为的道路，真的是那条正确的道路，是那条能够促进学生健康茁壮成长的道路；然后，引领着同学们沿着正确道路前进。

今日思悟 _____

_____

_____

_____

_____

今日践行 _____

_____

_____

_____

_____

9月8日

今日正能量微演讲251：

师者，所以唤醒、引领、激励也（7）

昨天说过首先要引领学生朝着正确的方向前进。其次，要引领学生走正确的道路。

方向正确是学生健康茁壮成长的前提和基础。

但是，道路的选择也至关重要。选择不同的道路，会看到不同的风景，会碰到不同的困难和挫折。有的道路貌似平坦大道，实则崎岖不平；有的道路貌似一路鲜花，实则荆棘密布；有的曲径通幽，有的南辕北辙，有的柳暗花明……我们要透过纷繁复杂的现象，看清事物的本质，引领同学们走上正确的道路，朝着正确的方向大步前进。

今日思悟 ＿＿＿＿＿＿＿＿＿＿＿＿＿＿＿＿＿＿＿＿

＿＿＿＿＿＿＿＿＿＿＿＿＿＿＿＿＿＿＿＿＿＿＿＿＿＿＿＿

＿＿＿＿＿＿＿＿＿＿＿＿＿＿＿＿＿＿＿＿＿＿＿＿＿＿＿＿

＿＿＿＿＿＿＿＿＿＿＿＿＿＿＿＿＿＿＿＿＿＿＿＿＿＿＿＿

今日践行 ＿＿＿＿＿＿＿＿＿＿＿＿＿＿＿＿＿＿＿＿

＿＿＿＿＿＿＿＿＿＿＿＿＿＿＿＿＿＿＿＿＿＿＿＿＿＿＿＿

＿＿＿＿＿＿＿＿＿＿＿＿＿＿＿＿＿＿＿＿＿＿＿＿＿＿＿＿

＿＿＿＿＿＿＿＿＿＿＿＿＿＿＿＿＿＿＿＿＿＿＿＿＿＿＿＿

9月9日

今日正能量微演讲 252：

悼念毛泽东，奋斗中国梦

今天，是毛泽东逝世纪念日，我们深切怀念毛泽东。

我们对伟人的最好的怀念，就是按照伟人的要求踏踏实实、认认真真地去做并做好。

毛泽东曾说："世界是你们的，也是我们的，但是归根结底还是你们的。你们青年人朝气蓬勃，正在兴旺时期，好像早晨八九点钟的太阳。希望寄托在你们身上。"

我们每一位朝气蓬勃的年轻人——八九点钟的太阳，在今天伟大的社会主义现代化建设中，在朝着伟大复兴的中国梦的奋斗过程中，我们每一个人都要努力学习、增强本领，提升直面问题和解决问题的能力，用自己的实力和努力，解决一个又一个问题，夺取一个又一个胜利，创造一个又一个辉煌……这样，我们就会做到毛泽东所说的那样："我们的目的能够达到，我们的目的一定能够达到！"

今日思悟 _____

_____

_____

今日践行 _____

_____

_____

9月10日

今日正能量微演讲 253：

教师节自问

又到教师节，真诚祝福天下的老师们节日快乐、健康幸福。

"经师易求，人师难得。"敬请咱当老师的自问，咱是学生的"经师"还是"人师"？无论是"经师"还是"人师"，咱当得如何？具体说来是否因为咱当老师，使每一个学生都健康快乐地成长，都成长为他生命中应该长成的阳光健康向上的模样？若答案不是肯定的，那确实是要深深地忏悔和自责，因为咱们学生中的几十分之一、几百分之一的孩子，就是所在家庭的 100%，就是他自己的 100%。

作为学生生命中最重要的人——老师，要努力成长为学生生命中的贵人。当了三十几年老师，现在在学生面前，我是愈发地小心翼翼了，因为一个不经意的眼神、一个随意的微笑、一个下意识的动作……都可能会对学生产生巨大的影响。

让每一个老师都努力去做一个自己快乐也给学生带来快乐的人，去做一个激励自己也不断激励每一个学生健康成长的人，去努力成长为学生生命中的贵人！

今日思悟 _____

_____

今日践行 _____

_____

9 月 11 日

今日正能量微演讲 254：

师者，所以唤醒、引领、激励也（8）

我们知道"条条大路通罗马"，但是，我们同样知道，并非通往罗马的"条条大路"都是笔直的，我们并不能一切顺利地就能到达罗马。

那又如何能较为顺利地到达罗马呢？那就需要我们引领着学生们制订正确的计划。

具体制订计划时，我们要引领着学生充分考虑到方方面面，既充分考虑我们的优势和巨大潜能，也充分预想可能出现的困难和挫折，制订一个科学而切实可行的计划。这样，我们就会引领着学生们朝着正确的方向，有计划、有步骤地前进在正确的道路上。

今日思悟 _____

_____

_____

今日践行 _____

_____

_____

9月12日

今日正能量微演讲255：

师者，所以唤醒、引领、激励也（9）

老师要引领着我们的学生们朝着正确的方向，有计划、有步骤地前进在正确的道路上。那又如何去进行具体的引领呢？

首先，要科学规划人生。

青少年时期是人生的一个特殊时期和关键时期，这个时期是形成一个人的世界观、人生观和价值观的关键时期。在这个时期，如果一个青少年学生能够在老师的引领下，深刻地认识自己，深入地了解人生，科学地制订人生规划，那将会促使他从自身实际和巨大潜能出发，扬长避短、少走弯路，增长才干，端正人生态度并加强应对生活的技巧，从而去实现梦想，创造属于自己的幸福人生。

今日思悟

_____

_____

_____

今日践行

_____

_____

_____

9月13日

今日正能量微演讲 256：

师者，所以唤醒、引领、激励也（10）

其次，我们要引领着同学们突破"自我设限"，不断抬升、跨越新的人生标杆，健康和谐地发展。

"自我设限"，就是在自己的心里默认了一个"限度"，这个"心理限度"常常暗示自己：这么多困难，我不可能做到的，也无法做到，成功机会几乎为零，想成功那是不可能的！"心理限度"是人无法取得成就的重要原因之一。它是一块顽石，在人生及事业成长道路上，阻碍着人们前进。

我们要引领着我们的学生不断突破"自我设限"，不断尝试，不断取得一小的进步和成长，逐步积累成功经验，从而真正提升自信心，进而从一个个"小的成功"迈向一个又一个人生的新高度。

今日思悟 _____

_____

_____

_____

今日践行 _____

_____

_____

_____

9月14日

今日正能量微演讲 257：

师者，所以唤醒、引领、激励也（11）

我们要引领同学们用心用力、扎扎实实做好当下的事，引领同学们努力做到"仰望星空"与"脚踏实地"相结合。只有用心用力做好了当下的每一件事，才能够实现同学们健康和谐更好地发展，成就同学们的美好未来。

今日思悟 _____

_____

_____

_____

_____

今日践行 _____

_____

_____

_____

_____

9 月 15 日

今日正能量微演讲 258：

师者，所以唤醒、引领、激励也（12）

"师者，所以唤醒、引领、激励也"的基础和前提是建立在尊重、平等、理解、信任基础上的良好的师生关系。

这样想着的时候，我脑海里就出现了一条数轴，数轴上的三个点分别写着坏人、旁人、贵人。

老师，确确实实不同于其他人，老师是学生生命中重要的人之一。老师为党育人、为国育才，担负着唤醒学生心灵、引领学生方向、激励学生行动的重任。

老师，坚决不做学生生命中的坏人（祸害学生），尽量不做学生生命中的旁人（无视学生），努力争做学生生命中的贵人——关爱学生、促进学生阳光健康、茁壮成长！

老师数轴上的三个点，请一定选好那个"贵人"点——定得准准的，落实得到位一些，更到位一些！

今日思悟 _____

_____

_____

今日践行 _____

_____

_____

9月16日

今日正能量微演讲259：

师者，所以唤醒、引领、激励也（13）

英国教育家弗雷德·诺思·怀特海在《教育的目的》中开宗明义："学生是有血有肉的人，教育的目的是激发和引导他们的自我发展之路。"

教育的根本目的和最终归宿是通过师者的"唤醒、引领、激励"去成就每一个学生，去促进每一个学生健康、快乐、幸福地成长。

从这个意义上来说，又有哪一个教师，哪一本教育著作，不是在竭尽全力、尽己所能地去唤醒、引领、激励每一个学生，去促进每一个学生阳光向上、积极健康地茁壮成长呢？

今日思悟 _____

_____

_____

_____

今日践行 _____

_____

_____

_____

_____

9 月 17 日

今日正能量微演讲 260：

师者，所以唤醒、引领、激励也（14）

"师者，所以唤醒、引领、激励也"的基础和前提是建立在平等、尊重、理解、信任基础上的良好的师生关系。北京十一学校校长李希贵在他的《新学校十讲·失败的新定义》一文中指出，在还没有建立良好的师生关系的时候就开始实施教育是一种失败。

"亲其师，信其道。"老师尊重、赏识每一个学生，真正走进学生心灵，与学生平等对话，得到学生的尊重和敬佩、信任和认可、喜欢和欣赏，老师的教育就能够起到良好的"唤醒、引领、激励"的作用。反之，若是学生对老师不认可，甚至对老师的所作所为非常反感的话，老师就不可能对他产生"唤醒、引领、激励"的作用。

今日思悟 _____

_____

_____

今日践行 _____

_____

_____

9 月 18 日

今日正能量微演讲 261：

勿忘历史，奋勇前行

今天是 9 月 18 日。1931 年 9 月 18 日，日本帝国主义对沈阳北大营的中国驻军发动突然袭击，接着对中国东北地区进行大规模武装侵略，震惊中外的九一八事变爆发。

九一八事变的发生不是偶然的，它是日本帝国主义为了吞并中国、称霸亚洲及太平洋地区而采取的一个蓄谋已久的阴谋。事变激起了全国人民的抗日怒潮。

"保持善良，也要记住过去。"发自心底的善良会教会我们宽容地看待生活中的人和事。做任何一件事，起心动念的善良，将影响和决定着事情的走向、过程和结果。但是，我们同样必须记清，"对侵略者的善良，就是谋杀自己和亲人。"我们必须分清对谁善良，牢记过去，以史为鉴，更好地面向未来。

让我们勿忘历史，奋勇前行！

今日思悟 _____

_____

_____

今日践行 _____

_____

_____

9月19日

今日正能量微演讲262：

师者，所以唤醒、引领、激励也（15）

拿破仑在学校读书时，成绩一塌糊涂。他还十分任性，被人称作"小恶棍"。

一天天长大，拿破仑惊奇地看到自己表现出来的出色的思考力，第一次真正地认清了自己，他的行动变得果断而敏捷，一种崭新的渴望点燃了他生命的热情。终于有一天，他明白地告诉自己："是的，我具有出色的军事家素质，权力就是我要得到的东西！"

清醒的自我意识一旦形成，便发挥出巨大的推动作用。拿破仑在成功之路上连战连胜，三十五岁时登上了法国皇帝的宝座。拿破仑的奋斗经历告诉我们：积极的自我意识形成的过程是不断和现实抗争的过程，是不断地认识自我、超越自我的过程。

今日思悟 _____

_____

_____

今日践行 _____

_____

_____

_____

9月20日

今日正能量微演讲 263：

师者，所以唤醒、引领、激励也（16）

丘吉尔说："我的成功秘诀有三个，第一是决不放弃；第二是决不、决不放弃；第三是决不、决不、决不放弃！"那振聋发聩的声音是否在激荡着我们平静的心灵？

事实上，我们每个人都可以成功，都可以创造幸福成功的人生，都可以成就自己别样精彩的人生，只要我们持之以恒、坚持到底、永不放弃。当然，也要注意，千万不能死钻牛角尖。

作为当代青年学生，我们在学习、生活中，也要努力做到持之以恒、坚持到底，尤其是在遇到各种困难的时候。

今日思悟 _____

_____

_____

今日践行 _____

_____

_____

_____

9月21日

今日正能量微演讲 264：

师者，所以唤醒、引领、激励也（17）

　　梅兰芳在五十余年的舞台生涯中，发展和提高了京剧旦角的演唱和表演艺术，形成一个具有独特风格的艺术流派，世称"梅派"。

　　谁能想到，梅兰芳小时候相貌平平，眼神呆板，见人不大会说话？梨园行有名的朱素云先生给他启蒙，当时教的是《二进宫》，里边有几句唱词，梅兰芳好几天都学不会，朱先生抛下一句"祖师爷没赏饭吃"后拂袖而去。梅兰芳是个有志气、有毅力的孩子，朱先生的话像一根钢针，深深地刺痛了他。他心里想：别人能学会的，我为什么学不会？我又不比别人缺什么。自此以后，梅兰芳像换了个人似的，开始收敛起他的野性，在幼小的心灵中架起了一座通向理想王国的阶梯，用辛勤的汗水浇灌着理想之花。那句"祖师爷没赏饭吃"的话，也成为他唤醒自己、激励自己拼搏奋斗的座右铭。

今日思悟 _____

_____

_____

今日践行 _____

_____

_____

9月22日

今日正能量微演讲 265：

师者，所以唤醒、引领、激励也（18）

斯蒂芬·埃德温·金（Stephen Edwin King，1947 年 9 月 21 日—　），美国畅销书作家，编写过剧本、专栏评论，曾担任电影导演、制片人以及演员，代表作品《闪灵》《肖申克的救赎》《末日逼近》《死光》《绿里奇迹》《暗夜无星》等。自 20 世纪 80 年代至 90 年代以来，斯蒂芬·金创作出版了多部畅销作品，同时其作品也不断被改编成影视作品。2003 年他获得美国文学杰出贡献奖章。

1954 年，七岁的斯蒂芬·金因病休学在家，整天躺在床上看漫画。在母亲的鼓舞下，他创作了一个四页长的魔法动物故事，获得来自母亲的一美元稿费，他自觉人生就此开启了一扇"可能"的大门。十四岁那年，他在家中阁楼发现一个箱子，里面装有他父亲收藏的一些小说。从此，他就迷上了写作，并立志当一个小说家。

正是这两件事，唤醒了斯蒂芬·金内心的渴望和强大的力量，他不断前进，勤奋写作，终成一代大家。

今日思悟 _____

_____

_____

今日践行 _____

_____

_____

9月23日

今日正能量微演讲266：

师者，所以唤醒、引领、激励也（19）

开学第一天，大哲学家苏格拉底对学生们说："今天，我们只做一件最简单也是最容易做的事，每个人把胳膊尽量往前甩，然后再尽量往后甩。"说着，苏格拉底示范了一遍，"从今天开始，每天做三百下，大家能做到吗？"学生们都笑了，这么简单的事情，有什么做不到的？过了一个月，苏格拉底问学生们："每天甩手三百下，哪些同学坚持了？"有90%的同学骄傲地举起了手。又过了一个月，苏格拉底再问，这回，坚持下来的同学只剩下了八成。一年过后，苏格拉底再一次问大家："请大家告诉我，最简单的甩手运动，还有哪些同学坚持了？"这时候，整个教室里，只有一个人举起了手。这个学生就是后来成为古希腊大哲学家的柏拉图。

成功在于坚持——在确保方向正确、道路正确前提下的坚持，这是一个并不神秘的秘诀。你做到了吗？加油。

今日思悟 _____

_____

_____

今日践行 _____

_____

_____

9月24日

今日正能量微演讲267：

师者，所以唤醒、引领、激励也（20）

李燕杰，中国首位德育教授，著名演讲教育艺术家，社会活动家。1977年，走上社会演讲之路，曾到海内外四百多个城市，举办演讲近四千余场，创造了演讲史上的新纪录。

他说起他之所以从事演讲工作，有两个人对他影响巨大——郭沫若、陶铸。1949年2月，他在北京大学广场，听了郭沫若先生的演讲，郭沫若说："今天，我沐浴在金黄色的党的阳光下，沉浸在青年的大海之中，我也变得年轻了许多。"后来，大学生响应号召，参加南下工作团，参军入伍，他随陶铸同志南下，经常听到陶铸同志演讲。陶铸讲："你们参军南下，是好呢，还是不好呢？我说是好的，钢铁是这样炼成的。"

这两位诗人气质的领导，给李燕杰留下了十分深刻的印象，自此，他下决心既当教师，又当诗人，还要演讲。他一讲就是六十年，无论当学生会主席，当团委干部，还是当民兵团记者，他都要演讲，最终成为中国当代最著名的演讲家。

今日思悟 _____

_____

今日践行 _____

_____

9月25日

今日正能量微演讲 268：

做自己和学生生命成长中的贵人

应一所兄弟小学邀请，准备近日与老师们交流。

我一直认为，小学老师较需要督促着学生参加中考、高考的中学老师，更少一些当下的操劳，更少一些眼前的纠结，更多一些关注生活、浸润生命、促进学生阳光健康成长的教育。

思考之后，我从理想主义的角度出发，准备与老师们交流三个方面的问题。

我是谁？学生成长中的重要的人。

到哪里去？成长为自己和学生生命中的贵人。

怎么去？悟、拼、恒、精，成就自己和学生的精彩人生。

今日思悟
_____

_____

_____

_____

今日践行
_____

_____

_____

_____

9月26日

今日正能量微演讲 269：

端正态度　增强本领

　　香港大学副校长、香港大学教育学院首席教授、香港师训会主席程介明先生在《老师的责任比我们想象的要重要得多》一文中指出：所有专业的核心价值都是"一切为了服务对象"。

　　"教师"不是一般的职业。教师的核心是以学生为重。陶行知先生说："一切为了学生，为了学生的一切。"

　　今天，我们要在思想上端正态度，起心动念处牢牢把握"全心全意为每一个学生和家长服务"，真心诚意地为学生和家长做好事、办实事；行动上增强本领，切实提升全心全意为学生和家长服务的能力。

　　我们要把这些扎扎实实真正地落到实处，落实到每一堂课，落实到与学生的每一次沟通、交流中，切切实实、实实在在地使学生们得到老师更加"专业"、更加诚挚的浸润、指导、点拨……

　　今日思悟 _____

_____

　　今日践行 _____

_____

_____

9 月 27 日

今日正能量微演讲 270：

我的座右铭（1）

　　我的座右铭或者我的从教格言是：做一个自己快乐也给他人带来快乐的人，做一个激励自己也不断激励他人前进的人。

　　我的理解是，大千世界，茫茫人海，因为有幸，咱给人家孩子当老师，结果，把人家孩子搞得天天难受，不愿上学，见到老师就头大，一听放学铃就激动，那不会是一个优秀的好老师。我们要自身做一个健康快乐的人，进而去引领学生健康快乐地成长。但是，当老师如果仅仅停留在让学生快乐的层面（当然，快乐本身有很多层面）上，还是不够的，我们要激励学生不断前进。所以，我们还要做一个激励自己也不断激励学生前进的人。

今日思悟 _____

_____

_____

今日践行 _____

_____

_____

_____

9月28日

今日正能量微演讲271：

我的座右铭（2）

怎样做一个自己快乐的人，进而去做一个带给他人快乐的人呢？

我们还是先搜集一部分关于快乐的名言，从中引发一些思考吧。

伊壁鸠鲁说："所谓的快乐，是指身体的无痛苦和灵魂的无纷扰。"高尔基说："快乐，是人生中最伟大的事。"教育家阿奎那说："所有快乐中最伟大的快乐存在于对真理的沉思之中。"布雷默说："真正的快乐是内在的，它只有在人类的心灵里才能发现。"司汤达说："快乐是一种奢侈。若要品尝它，绝不可缺的条件是心无不安。心若不安，即使稍受威胁，快乐就立刻烟消云散。"果戈理说："快乐，使生命得以延续。快乐，是精神和肉体的朝气，是希望和信念，是对自己的现在和未来的信心，是一切都该如此进行的信心。"萧伯纳说："人生真正的快乐，在于能对一个事业有所贡献，而自己认识到这是个伟大的事业。"

关于快乐的诸多名言中，哪句对你有启发意义呢？你对快乐有着怎样的理解呢？你又将如何去做到健康快乐呢？

今日思悟 _____

_____

今日践行 _____

_____

9月29日

今日正能量微演讲 272：

我的座右铭（3）

快乐是追求的生活状态，而激励自己和他人前进才是目的。

看到一句谚语"种田没得巧，多施肥勤除草"，禁不住思考，大道至简，教书乃至其他工作都是相同的道理：种田——哺育一棵棵幼苗茁壮成长，开花结果；教书——精心培育学生健康茁壮成长，立德树人，成人成才。"多施肥"——给学生提供足够丰富的营养，这就需要分析"肥"在哪里，自己应该具备多少"肥"，如何去获得更多的"肥"，如何把更多的"肥"转化为学生成长的养分。"勤除草"——提供良好的学习环境。这就需要分析，哪些是影响学生健康茁壮成长的"草"，我们的学生身边有哪些"草"，我们的每一个学生身上又有哪些"草"，如何对这些"草"进行分类，如何制定具体的除"草"方法和具体步骤。如此去想，也许对我们的教书育人会有一点的启发。

今日思悟 _____

_____

今日践行 _____

_____

_____

9月30日

今日正能量微演讲 273：

烈士不仅仅是用来怀念的

今天是 9 月 30 日，中国烈士纪念日。

国家设立烈士纪念日的目的是缅怀烈士功绩、弘扬烈士精神，培养公民的爱国主义、集体主义精神和社会主义道德风尚，传承中华民族气节血脉，培育和践行社会主义核心价值观，增强中华民族凝聚力，激发实现中华民族伟大复兴中国梦的强大精神力量。

烈士不仅仅是用来怀念的，我们要怀念烈士、纪念烈士、缅怀烈士，我们更要以实际行动，传承、弘扬和践行烈士精神，踏踏实实、认认真真地搞好自己的学习、工作，为祖国的强大贡献自己所有的力量。

今日思悟

今日践行

十月
我拿什么奉献给祖国

10 月 1 日

今日正能量微演讲 274：

今天，我只负责撒娇

今天，是中华人民共和国的华诞，祝福伟大的中华人民共和国生日快乐，繁荣昌盛。

在这样一个美好的日子里，作为伟大祖国母亲的儿子，今天，静静躺在祖国母亲温暖的怀抱，我就是祖国母亲的一个娇宝宝，我只负责感受祖国母亲的伟大，享受一名中华娇宝宝的骄傲和自豪，我只负责挥舞彩旗，尽情撒娇。

因为，我强大的祖国，让我有资格撒娇；因为，我富强的祖国，让我有能力撒娇；因为，我伟大的祖国，允许我们每一个中国人——每一个娇宝宝尽情撒娇……

今天，我只负责撒娇！感恩祖国，祝福祖国！

今日思悟 _____

_____

_____

今日践行 _____

_____

_____

10月2日

今日正能量微演讲 275：

拿什么给祖国庆生（1）

给自己的母亲庆生，我们都是尽最大努力地拿出我们的孝心，带着妻儿回到母亲身边，跟母亲聊聊天，听母亲拉拉家常，让母亲内心和脸上挂满自豪、骄傲；或者买上一个大大的蛋糕，张罗一桌好饭，陪伴着母亲，让母亲感受当下生活的美好和幸福；抑或者是给母亲汇报一下这段时间自己和孙辈的工作和生活，让母亲对未来充满期待……

由此想到，我们拿什么给自己的祖国母亲庆生呢？！

今日思悟 _____

_____

_____

_____

今日践行 _____

_____

_____

_____

10月3日

今日正能量微演讲276：

拿什么给祖国庆生（2）

共和国生日，我们拿什么给她庆生呢？

每个人对国家和民族的贡献大小不同，拿出的成果也各不相同。

国家功勋们为国家和民族创造出了大国重器、长空利剑、大海蛟龙……

我们每一个普通的中国人，则竭尽全力去做好自己的本职工作，不给国家添乱、添堵……

总之，每一个中国人，无论能力大小、贡献多少，都应该拿出最赤诚的心，以实际行动感恩祖国、报效祖国，为祖国奋斗。

今日思悟 _____

_____

_____

_____

_____

今日践行 _____

_____

_____

_____

_____

10 月 4 日

今日正能量微演讲 277：

阅兵式，就是让你好好看的

共和国华诞，天安门广场举行盛大的阅兵式。

阅兵式，就是让你好好看的。假如你是中华民族的儿女，看过之后，你就会为伟大的祖国骄傲自豪。我们的祖国挺起中华民族坚硬刚强的脊梁，以更加昂扬强大的姿态屹立于世界民族之林，有足够强大的力量保护好每一个中国人。

阅兵式，就是让你好好看的。假如你是中国人民的朋友，你看过之后，会发自心底地为有这样一个伟大正直、爱好和平的朋友而高兴、幸福，有这样一个朋友，值！

阅兵式，就是让你好好看的。假如你是中华民族和中国人民的敌人，也请你看看，大国重器、长空利剑……这个伟大国家有着足够强大的强国梦、强军梦！他们那维护和平、捍卫和平的盾牌足够坚挺！且这个国家还说过一句话："犯我中华者，虽远必诛！"

今日思悟

_____

_____

今日践行

_____

_____

_____

10月5日

今日正能量微演讲278：

国家兴亡，匹夫有责，大木柱天（1）
——有些人就不是为自己的小家而生的

"不要问你的国家能为你做些什么，而要问你能为国家做些什么"，你可能感到这个问题太过深奥，但是我们是否可以静静地想想能够为我们身边的人做些什么，能够为我们的单位做些什么。我们的单位因我们的工作而更加卓越，我们的家庭因我们的努力而更加和谐，我们就可以毫无愧色地说为这个国家做了一些实实在在的工作。

然而，确实有一些人，不是为自己的小家而生，而是为这个国家和民族而生的。他们的身体里流淌着"为这个国家和民族而梦想和担当"的澎湃血液，他们是国家和民族的脊梁与栋梁，我们伟大的祖国因他们而更加繁荣昌盛。在此让我们真诚地向他们致敬！

国家兴亡，匹夫有责，大木柱天。祝福我们伟大的祖国因我们每一个中华儿女而骄傲！

今日思悟 _____

_____

_____

今日践行 _____

_____

_____

10 月 6 日

今日正能量微演讲 279：

国家兴亡，匹夫有责，大木柱天（2）

——科学家郭永怀

跟 00 后的同学们交流，说起各自心中的偶像，真可谓五花八门，各不相同。其中一个同学说，他的偶像是郭永怀。

郭永怀（1909—1968 年）。著名力学家、应用数学家、空气动力学家，中国科学院学部委员（即中国科学院院士）。我国近代力学事业奠基人之一，为我国的导弹、核弹与卫星事业作出了重要贡献。1999 年被授予"两弹一星"功勋奖章。

1968 年 12 月 4 日，郭永怀在乘机返回北京汇报工作时，不幸遇难。当人们辨认出郭永怀的遗体时，他往常一直穿在身上的那件夹克服已烧焦了大半，他和警卫员紧紧地拥抱在一起。当人们费力地将他俩分开时，才发现郭永怀那只装有绝密资料的公文包竟安然无损地夹在他俩胸前。

偶像是用来崇拜的，用来致敬的；偶像更是用来学习、用来引领我们前进的。让我们以郭永怀等老一辈科学家为榜样，努力拼搏，为国争光。

今日思悟 _____

_____

今日践行 _____

_____

10月7日

今日正能量微演讲280：

国家兴亡，匹夫有责，大木柱天（3）

——"共和国勋章"获得者于敏

于敏（1926—2019年），中国工程物理研究院高级科学顾问、研究员，中国科学院院士。他是我国著名核物理学家，长期领导并参加核武器的理论研究与设计，填补了我国原子核理论的空白，为氢弹突破作出卓越贡献。荣获"两弹一星"功勋奖章、国家最高科学技术奖和"全国劳动模范""改革先锋"等称号。2019年9月17日，他被授予"共和国勋章"。

在中国核物理的几位开创者中，于敏是唯一一位没有留学背景的人。在氢弹的理论探索中，于敏几乎从一张白纸开始，依靠自己的勤奋，举一反三，克服重重困难，自主研发，解决了氢弹研制中的一系列基础问题。从20世纪60年代开始，于敏放弃了个人热爱的基础物理专业，隐姓埋名三十年。他一生只有两次公开露面，一次是1999年，国家为"两弹一星"元勋授奖，另外一次是2015年1月9日，国家科技奖颁奖，于敏成为最高科技奖的唯一获得者。

巨星闪耀，感召我辈。我辈奋起，振兴中华。

今日思悟

_____

今日践行

_____

10月8日

今日正能量微演讲 281：

国家兴亡，匹夫有责，大木柱天（4）
——"共和国勋章"获得者李延年

　　李延年，原 54251 部队副政治委员。1945 年参加革命，先后参加解放战争、湘西剿匪、抗美援朝战争等大小战斗二十多次，荣立特等功一次，被志愿军总部授予"一级英雄"荣誉称号，是为建立中华人民共和国、保卫中华人民共和国作出重大贡献的战斗英雄。

　　离休后，他初心不改、斗志不减、本色不变，积极弘扬革命优良传统，充分展现了一名老革命军人、老战斗英雄的光辉形象。2019 年 9 月 17 日，他被授予"共和国勋章"。

　　作为当代青年学生，我们要铭记战斗英雄的功绩，敬畏战斗英雄品格，学习战斗英雄精神。我们要在工作、学习、生活的各个方面向英雄学习，立足岗位，默默奉献，为中华民族伟大复兴贡献力量。

今日思悟 _____

_____

_____

今日践行 _____

_____

_____

10月9日

今日正能量微演讲282：

国家兴亡，匹夫有责，大木柱天（5）

——"共和国勋章"获得者黄旭华

黄旭华，曾任中国船舶重工集团第七一九研究所所长，中国工程院院士。荣获"国家科学技术进步奖"特等奖以及"全国先进工作者"等荣誉称号。中国第一代核动力潜艇研制创始人之一，被誉为"中国核潜艇之父"。

"誓干惊天动地事，甘做隐姓埋名人。"他隐姓埋名三十年，为我国核潜艇事业奉献了毕生精力，为核潜艇研制和跨越式发展作出卓越贡献。在某次深潜试验中，他置个人安危于不顾，作为总设计师亲自乘潜艇深潜到极限。1986年年底，两鬓斑白的黄旭华再次回到广东老家，见到三十年未见一面的九十三岁的老母。他眼含泪花说："人们常说'忠孝不能双全'，我说对国家的忠，就是对父母最大的孝。"

2019年9月17日，黄旭华被授予"共和国勋章"。

此生属于祖国，此生无怨无悔。竖起精神灯塔，照亮我们航程。

今日思悟 _____

_____

_____

今日践行 _____

_____

_____

10月10日

今日正能量微演讲283：

国家兴亡，匹夫有责，大木柱天（6）
——"共和国勋章"获得者孙家栋

孙家栋，原航空航天工业部副部长、科技委主任，原中国航天科技集团有限公司高级技术顾问，中国科学院院士。他是我国人造卫星技术和深空探测技术的开创者之一，担任月球探测一期工程总设计师，为我国突破卫星基本技术、卫星返回技术、地球静止轨道卫星发射和定点技术、导航卫星组网技术和深空探测基本技术作出卓越贡献。他担任我国北斗卫星导航系统第一代和第二代工程总设计师，作出了多项重要决策，主持解决了多项重大工程技术问题。建成了北斗导航第一代系统，实现组网应用。荣获"两弹一星"功勋奖章、国家最高科学技术奖、"国家科学技术进步奖"特等奖以及"全国优秀共产党员""改革先锋"等称号。

2019年9月17日，孙家栋被授予"共和国勋章"。

"反正国家需要你到哪里，就到哪里。交给任务，就把工作做好。"孙家栋把自己看得很简单，国家的需要，就是他的选择。我们每一位当代青年，又要从孙老身上学习哪些为国为民的优秀品质呢？！

今日思悟 _____

今日践行 _____

10月11日

今日正能量微演讲 284：

国家兴亡，匹夫有责，大木柱天（7）

——"共和国勋章"获得者申纪兰

　　申纪兰，她积极维护妇女劳动权利，倡导并推动"男女同工同酬"写入宪法。几十年来，她不忘初心，奋斗不止，把根永远扎在农村大地上，为当地脱贫和建设作出巨大贡献。用申纪兰自己的话说："按照党的要求干，就没有什么干不成的事。"

　　申纪兰当选为首届全国道德模范的致敬辞中这样写道："恪尽职守。是你们，几年、十几年、几十年如一日，服务人民、尽心尽力、安贫乐道；在自己平凡的岗位上，将责任心、使命感化作了坚守的动力，为社会的发展奠定牢固的根基，向你们致敬！"

　　2019 年 9 月，申纪兰被授予"共和国勋章"。

　　让我们每一位青少年，以申纪兰老人为榜样，听党话，感党恩，永远跟党走，茁壮成长为担当民族复兴大任的时代新人。

　　今日思悟 ＿＿＿＿＿＿＿＿＿＿＿＿＿＿＿＿＿＿＿＿＿＿＿＿＿

＿＿＿＿＿＿＿＿＿＿＿＿＿＿＿＿＿＿＿＿＿＿＿＿＿＿＿＿＿＿＿＿＿＿＿

＿＿＿＿＿＿＿＿＿＿＿＿＿＿＿＿＿＿＿＿＿＿＿＿＿＿＿＿＿＿＿＿＿＿＿

　　今日践行 ＿＿＿＿＿＿＿＿＿＿＿＿＿＿＿＿＿＿＿＿＿＿＿＿＿

＿＿＿＿＿＿＿＿＿＿＿＿＿＿＿＿＿＿＿＿＿＿＿＿＿＿＿＿＿＿＿＿＿＿＿

＿＿＿＿＿＿＿＿＿＿＿＿＿＿＿＿＿＿＿＿＿＿＿＿＿＿＿＿＿＿＿＿＿＿＿

10 月 12 日

今日正能量微演讲 285：

国家兴亡，匹夫有责，大木柱天（8）
——"共和国勋章"获得者张富清

张富清，1948 年 3 月参加中国人民解放军，同年 8 月加入中国共产党。他在解放战争的枪林弹雨中英勇善战、舍生忘死，先后荣立一等功三次、二等功一次，被西北野战军记"特等功"，两次获得"战斗英雄"荣誉称号。1955 年，张富清退役转业，主动选择到湖北省最偏远的来凤县工作，为贫困山区奉献一生。

六十多年来，他深藏功与名，埋头工作，连儿女对的赫赫战功都不知情。他一辈子坚守初心、不改本色，事迹感人。在部队，他保家卫国；到地方，他为民造福。他用自己的朴实纯粹、淡泊名利书写了精彩人生，是广大部队官兵和退役军人学习的榜样。2019 年 9 月 17 日，张富清被授予"共和国勋章"。

今天，我们每一个人都要认真踏实地向张富清老人学习，不忘初心，牢记使命，在各自的工作岗位上，努力拼搏，不断前进。

今日思悟 _____

_____

_____

今日践行 _____

_____

_____

10 月 13 日

今日正能量微演讲 286：

国家兴亡，匹夫有责，大木柱天（9）

——"共和国勋章"获得者钟南山

钟南山，呼吸内科学家，广州医科大学附属第一医院国家呼吸系统疾病临床医学研究中心主任，中国工程院院士，中国医学科学院学部委员。

2020 年在抗击新冠肺炎疫情的斗争中，这位八十四岁的老人，"钟"（忠）于祖国、迎"南"（难）而上，稳如泰"山"，作为民族脊梁的精诚大医之一与全国的医务工作者共同给我们撑起保护伞。

2009 年，中华人民共和国成立 60 周年之际，钟南山入选"100 位为新中国成立作出突出贡献的英雄模范人物"，对他的评语是这样："在抗击非典战斗中，他以实事求是的态度、勇往直前的大无畏精神，主动请缨收治危重病人，全力以赴地精心制定医疗方案，以医者的妙手仁心挽救生命，显示出了科学家治学严谨的作风与高度的责任感。在关系抗击非典成败的重大问题上，他能置自身荣辱得失于度外，力排众议，坚守科学家的良知……"

2020 年 8 月 11 日，钟南山被授予"共和国勋章"。

"为国为民，国士无双。"让我们以钟南山院士为榜样，扎扎实实奋力前行，成为国家栋梁。

今日思悟 _____

今日践行 _____

10 月 14 日

今日正能量微演讲 287：

国家兴亡，匹夫有责，大木柱天（10）
——"共和国勋章"获得者袁隆平

袁隆平一生致力于杂交水稻技术的研究、应用与推广，为我国粮食安全、农业科学发展和世界粮食供给作出杰出贡献。荣获国家最高科学技术奖、"国家科学技术进步奖"特等奖以及"改革先锋"等称号，被誉为"杂交水稻之父"。2019 年 9 月 17 日，他被授予"共和国勋章"。

袁隆平赞成这样一个公式：知识＋汗水＋灵感＋机遇＝成功，他这样一个随和自在的人，做起科研来，确实执着，确实拼命。

没有足够的汗水，没有足够的执着，哪有灵感和机遇？青年朋友们，加油吧！

今日思悟 _____

_____

_____

今日践行 _____

_____

_____

_____

10月15日

今日正能量微演讲288：

国家兴亡，匹夫有责，大木柱天（11）

——"共和国勋章"获得者屠呦呦

屠呦呦，六十多年致力于中医药研究实践，研究发现了青蒿素，解决了抗疟治疗难题，荣获国家最高科学技术奖、诺贝尔生理学或医学奖。2019年9月17日，她被授予"共和国勋章"。

1971年10月4日，中国中医研究院中药研究所的一间实验室里，研究员们屏住呼吸等待着青蒿乙醚中性提取物样品抗疟实验的最后结果。前面一百九十次实验都失败了，紧张与期待交织在每个人心中。终于，结果出来了，对疟原虫的抑制率达到100%！实验室沸腾了，课题组组长屠呦呦露出欣慰的笑容。试验中，屠呦呦等科研人员甘当"小白鼠"，以身试药，她经常说的话就是"我是组长，我有责任第一个试药"。对于她的选择，她的丈夫李廷钊既心疼又理解："一说到国家需要，她就不会选择别的。她一辈子都是这样。"

"国家的需要就是我的选择"，青青蒿草，拳拳报国，不忘初心，医治万民，这是屠呦呦的选择与担当。你、我、他——我们——咱们每一个青年人呢？！

今日思悟 _____

_____

今日践行 _____

_____

10 月 16 日

今日正能量微演讲 289：

国家兴亡，匹夫有责，大木柱天（12）

这场抗击新冠肺炎疫情阻击战使我们深刻地认识到，国家兴亡、匹夫有责、大木柱天。

国家兴亡，匹夫有责。我们每个人都在不同的岗位上，为抗击疫情付出自己的努力，作出自己的贡献，即使是在平时的工作、生活中，我们也确确实实地在为国家和民族作着自己的贡献。

但是，我们更应该看到"国家兴亡，大木柱天"。那些国家的栋梁、民族的脊梁为国家和民族作出了突出的贡献。同时，我们也要深深地思考：我们若是"匹夫"，就要做自己所能够做到的最好的"匹夫"；若是"大木"，就要做自己所能够做到的最好的"大木"，去成为最好的自己，去成就最美的风景，去为这个国家和民族付出自己的全部努力。

今日思悟 _____

_____

今日践行 _____

_____

_____

10月17日

今日正能量微演讲 290：

岁月静好，是有人替你负重前行

昨天晚上，章丘四中体育文化艺术节盛大开幕，场面宏大，灯光璀璨，灯柱闪烁，国旗飘扬，每个学生都绽放着灿烂的笑脸，活动现场成了欢乐的海洋……

望着如此盛大的场面，我自然而然地想到了那句话"哪有什么岁月静好，只是有人替你负重前行"，我把它略微改写为"之所以有今天的岁月静好，一定是有人替你负重前行"。

如此盛大的场面，也只有在伟大的祖国站起来、富起来，朝着强起来前进的大的历史背景下，才能够实现。而使祖国站起来、富起来、强起来的每一个人都是那个替我们负重前行的人。

今日思悟 _____

_____

_____

今日践行 _____

_____

_____

_____

10 月 18 日

今日正能量微演讲 291：

家国情怀四中人

"走进四中，就成为四中人，作为四中人，永远怀揣大爱的心"，这是四中德育的座右铭，更培养出了具有家国情怀的一代代师生。举三个实例：

其一，2013 年寒假，高一某同学诊断出了白血病，这个不幸的孩子八岁丧父，命运多舛。一条鲜活的生命面临着死神的威胁，怎么办？四中人义无反顾，全校师生慷慨解囊，同学自发组织到广场募捐，章丘义工团队也四处奔走……一周不到，募集资金二十三万余元。真情感动了死神，该同学稳定了病情，重返校园。

其二，2016 年，家境贫寒的青年教师于老师患尿毒症需要手术，五天时间，师生捐款及社会各界募捐达七十余万元，使于老师得以恢复健康，重返教坛。

其三，2008 年汶川地震，国难当头，不少教师捐出整月的工资，全体党员交出特殊党费，捐款总额超过五十余万元，为救灾和重建作出了积极贡献。

今日思悟 _____

_____

今日践行 _____

_____

10月19日

今日正能量微演讲 292：

干就干到最好

学校特邀章丘区双山街道三涧溪村党总支书记，章丘四中86届高淑贞校友回母校给学弟学妹们作报告。

高淑贞校友在平凡的岗位上做出了不平凡的业绩，先后被评为全国优秀党务工作者、全国三八红旗手标兵、全国基层优秀理论宣讲先进个人、山东省三八红旗手、山东省优秀共产党员、第六届齐鲁巾帼十杰、济南市"劳动模范"、济南市优秀共产党员、济南市优秀人大代表、济南市优秀村、社区党组织书记。

高淑贞校友在开学典礼上鼓励学弟学妹们忠心向党，坚定信心，保持公心，坚守恒心，干就干到最好，努力为母校争光。

今日思悟 _____

_____

_____

今日践行 _____

_____

_____

_____

10 月 20 日

今日正能量微演讲 293：

爱国主义精神是中华民族的精神基因

爱国，是人世间最深层、最持久的情感。

孙中山先生说，做人最大的事情，"就是要知道怎样爱国"。

中华民族的爱国主义精神，有着深厚的历史、文化和情感积淀，已成为流淌在中华儿女血液中的精神基因。

热爱祖国是立身之本、成才之基，立德之源，也是任何一个中国人的本分、职责，热爱祖国是每一个中国人的心之所系、情之所归。

作为新时代中国青年，我们要热爱伟大祖国，就要胸怀伟大祖国，努力提升本领，用实际行动，践行报国之志，为中华民族的伟大复兴贡献力量。

今日思悟 _____

_____

_____

今日践行 _____

_____

_____

_____

10 月 21 日

今日正能量微演讲 294：

爱国不能停留在口号上

爱国主义是具体的、现实的，爱国从来都不是也不能停留在口号上。

我们要把我们自己的理想同祖国的前途、把自己的人生同民族的命运紧密联系在一起，扎根人民，奉献国家；我们也要在每一天的现实的工作、生活、学习中，时时想到国家，处处想到人民，做到"利于国者爱之，害于国者恶之"。

作为新时代中国青年，我们"先天下之忧而忧、后天下之乐而乐"，胸怀忧国忧民之心、爱国爱民之情，不断奉献祖国、奉献人民，用一生的真情投入、用一辈子的顽强奋斗来体现爱国主义情怀，让爱国主义的伟大旗帜始终高高飘扬！

今日思悟 _____

_____

今日践行 _____

_____

_____

10 月 22 日

今日正能量微演讲 295：

一切靠实力说话

大国重器，向世界宣告了我们的磅礴力量、伟大气势，我们以平视的视角，信心满满地屹立于世界民族之林。

如果没有这些大国重器，如果没有保卫祖国的能力，那世界会和平吗？！

一切靠实力说话。正如习近平总书记所说，社会主义中国巍然屹立在世界东方，没有任何力量能够撼动我们伟大祖国的地位，没有任何力量能够阻挡中国人民和中华民族的前进步伐！

今日思悟 _____

_____

_____

_____

今日践行 _____

_____

_____

_____

10月23日

今日正能量微演讲296：

弘扬伟大的抗美援朝精神

2020年是中国人民志愿军抗美援朝出国作战70周年。

七十年前，英雄的中国人民志愿军将士，肩负民族的期望，高举保卫和平、反抗侵略的正义旗帜，雄赳赳、气昂昂，跨过鸭绿江，同朝鲜人民和军队一道，历经两年零九个月舍生忘死的浴血奋战，赢得了抗美援朝战争的伟大胜利，形成了伟大的抗美援朝精神。

2020年10月23日，习近平总书记在纪念抗美援朝出国作战七十周年大会上指出了如何在新时代弘扬抗美援朝精神：

无论时代如何发展，我们都要砥砺不畏强暴、反抗强权的民族风骨。

无论时代如何发展，我们都要汇聚万众一心、勠力同心的民族力量。

无论时代如何发展，我们都要锻造舍生忘死、向死而生的民族血性。

无论时代如何发展，我们都要激发守正创新、奋勇向前的民族智慧。

今日思悟 _____

_____

_____

今日践行 _____

_____

_____

10 月 24 日

今日正能量微演讲 297：

心怀"国之大者"

　　我跟一青年才俊交流，他讲了他的一个观点：无论我们做什么工作，要切实提升境界，开拓格局，永远心怀"国之大者"。

　　"国之大者"，解决的是思想认识上的格局、高度、境界问题。

　　一是真正提高政治站位，在思想上立得高、看得远，学会从中央高度思考问题、理解政策；二是深刻领会什么是党和国家最重要的利益，什么是最需要坚定维护的立场，每个人都要对党和国家的重大原则、重大立场和重大利益，做到心明眼亮。

　　做到这两点，就能够跳出日常事务的思维局限，学会思考大局、大势和大事。"不谋全局者，不足以谋一域"，只有善于登高望远，善于从现象看本质、从苗头倾向看发展走向，才能"不畏浮云遮望眼"，透过各种迷雾，看清事物本质，理清千头万绪，制订科学规划和方案。

　　"知之愈明，则行之愈笃。"我们永远心怀"国之大者"，就能够更加踏踏实实做好自己的本职工作，就能够为国家、民族、社会更好地贡献自己的力量。

今日思悟 _____

_____

今日践行 _____

_____

10 月 25 日

今日正能量微演讲 298：

平静而又震撼的力量

在中美高层战略对话上。

"我们把你们想得太好了，我们认为你们会遵守基本的外交礼节。"

"你们没有资格在中国面前说，你们从实力的地位出发同中国谈话。"

……

最严厉的话，最平静的表达。当这些话优雅、高贵、从容、淡定而不是疾言厉色地表达出来的时候，我感受到那种平静的力量。

在战场上，真正的高手，哪用得着咄咄逼人、满脸杀气？真正的高手，雍容大度，平实内敛，谈笑间便"樯橹灰飞烟灭"了。

平静的力量源于国家强大的实力。

做一个平静的人，做一个强大到足够平静的人。一个人如此，整个国家、民族亦如此。

今日思悟 _____

_____

_____

今日践行 _____

_____

_____

10 月 26 日

今日正能量微演讲 299：

由"韬光养晦"到"火力全开"

　　韬光养晦常喻隐藏才能，不使外露。韬光养晦由"韬光"和"养晦"两个词语组成。"韬光"的字面意思是收敛光芒，引申为避免抛头露面。"养晦"就是悄悄地练内功，内省精进，不让人知道。

　　由"韬光养晦"到"火力全开"，也许从国防部新闻发言人任国强在例行记者会上的发言中更能充分感受："中国无意'挑战'谁，但谁的'挑战'也不怕；中国不想'威胁'谁，但谁的'威胁'也没用。""中国有发展壮大的权利，有自主选择道路的自由，也有防御自卫的能力，更有维护自身正当权益的要求。""任何人任何势力都不能阻挡中国人民实现更加美好生活的前进步伐。中国军队维护主权、安全、发展利益的决心坚定不移，能力始终都在。"

　　今日思悟 _____

_____

_____

_____

　　今日践行 _____

_____

_____

_____

10月27日

今日正能量微演讲 300：

理直气壮开好思政课

习近平总书记强调，思想政治理论课是落实立德树人根本任务的关键课程。青少年阶段是人生的"拔节孕穗期"，最需要精心引导和栽培。我们办中国特色社会主义教育，就是要理直气壮地开好思政课，用新时代中国特色社会主义思想铸魂育人，引导学生增强中国特色社会主义道路自信、理论自信、制度自信、文化自信，厚植爱国主义情怀，把爱国情、强国志、报国行自觉融入坚持和发展中国特色社会主义事业、建设社会主义现代化强国、实现中华民族伟大复兴的奋斗之中。思政课作用不可替代，思政课教师队伍责任重大。

"理直气壮开好思政课"，就需要思想政治课老师不仅要做到"理直气壮"，并且要在"开好"上有大情怀、下大气力、用大智慧！每一名青年学生，要全力以赴地学好思想政治课，加油！

今日思悟 _____

_____

今日践行 _____

_____

_____

10 月 28 日

今日正能量微演讲 301：

让爱国主义的伟大旗帜高高飘扬

习近平总书记在纪念五四运动一百周年大会上的讲话中指出，对新时代中国青年来说，热爱祖国是立身之本、成才之基。新时代中国青年要听党话、跟党走，胸怀忧国忧民之心、爱国爱民之情，不断奉献祖国、奉献人民，以一生的真情投入、一辈子的顽强奋斗来体现爱国主义情怀，让爱国主义的伟大旗帜始终在心中高高飘扬！

我们在一天又一天的日常工作、学习中如何去践行爱国主义精神？又如何让爱国主义的伟大旗帜始终在心中高高飘扬呢？

今日思悟

_____

_____

_____

_____

今日践行

_____

_____

_____

_____

_____

10月29日

今日正能量微演讲302：

做好祖国的那条"台阶石"

佛和台阶石的故事，大家可能都听说过：

一块石头，一半做成了雕塑，一半做成了台阶石。台阶石不服气地问雕塑："我们本是一块石头，凭什么人们都踩着我，而去赞美你呢？"雕塑说："因为你只挨了六刀，而我却经历了千刀万剐、千锤万凿，才成了一尊雕塑。"这时，台阶石沉默了。

人生亦是如此，经得起打磨，扛得起责任，肩负起使命，人生才会有价值。在此我禁不住悄声地问："你是愿意做一方只挨六刀的台阶石，还是做一尊挨那千刀万剐的雕塑呢？"特别需要说明的是，无论是台阶石还是雕塑，成为什么，就去努力做好什么。从这个意义上来讲，做一方为他人提供方便、供他人向上的台阶石与做一尊雕塑，其意义和价值并无本质区别。回到故事开头，台阶石不必去羡慕那天天被赞美的雕塑，踏踏实实、稳稳当当地做好台阶石就是最重要的事。干啥做好"啥"，干啥把"啥"做到最好，踏踏实实、稳稳当当地做好祖国的那条台阶石。你说是吗？

今日思悟 _____

_____

今日践行 _____

_____

10 月 30 日

今日正能量微演讲 303：

信仰、信念、信心

习近平总书记在庆祝改革开放四十周年大会的讲话中指出，信仰、信念、信心，任何时候都至关重要。小到一个人、一个集体，大到一个政党、一个民族、一个国家，只要有信仰、信念、信心，就会愈挫愈奋、愈战愈勇，否则就会不战自败、不打自垮。无论过去、现在还是将来，对马克思主义的信仰，对中国特色社会主义的信念，对实现中华民族伟大复兴中国梦的信心，都是指引和支撑中国人民站起来、富起来、强起来的强大精神力量。

作为一名老师，我们担负着唤醒我们和学生的信仰，坚定自己和学生的信念，提升自己和学生信心的重任，让我们扎扎实实、脚踏实地、努力前进。

今日思悟

_____

_____

_____

_____

今日践行

_____

_____

_____

_____

10月31日

今日正能量微演讲304：

伟大事业都始于梦想、基于创新、成于实干

2021年2月20日，中共中央总书记、国家主席、中央军委主席习近平在北京人民大会堂会见探月工程"嫦娥四号"任务参研参试人员代表。他强调：

实践告诉我们，伟大事业都始于梦想。梦想是激发活力的源泉。中华民族是勇于追梦的民族。

实践告诉我们，伟大事业都基于创新。创新决定未来。建设世界科技强国，不是一片坦途，唯有创新才能抢占先机。

实践告诉我们，伟大事业都成于实干。新时代是奋斗者的时代。新时代是在奋斗中成就伟业、造就人才的时代。

作为我们每一个人，我们的梦想是否还在前方飘扬，是否还在引领着我们朝着梦想前进？我们的创新精神是否还在身体内蓬勃？我们的实干精神是否还在凝聚起更强大的力量？让我们把"？"拉直成"！"，敬请记得：伟大事业都始于梦想、基于创新、成于实干。

今日思悟 _____

_____

今日践行 _____

_____

十一月

和谐人际关系铸就共赢人生

11月1日

今日正能量微演讲305:

亲其师，信其道

良好的师生关系是教育引领的前提和基础。我个人感觉跟学生在一块儿是一件特别幸福的事，尤其是课下聊天，孩子们特别喜欢给我讲俏皮话。举例如下，一同学说："时老师，我这段时间新学了一项技能——打鼓，经过刻苦训练，我的鼓打得可好了。"我为他点赞，他悠悠地说："老师，我打得是退堂鼓，哈哈。"另一学生说："时老师，我这段时间学习非常刻苦，基本做到了我非常能吃苦的80%吧。"因为我看过这个小段子，知道他要说什么，就静静地等他的答案，他大笑道："老师，我现在是特别能吃。"

"亲其师，信其道。"让我们努力成长为让学生"亲"、让学生"信"的好老师。加油!

今日思悟 _____

_____

_____

今日践行 _____

_____

_____

_____

11月2日

今日正能量微演讲306：

做一个瞧得起每一名学生的老师

　　朱永新讲到做老师的四种境界：做让学生瞧得起的老师，做让自己心安的老师，做让学校骄傲的老师，做让历史铭记的老师。其中"做让学生瞧得起的老师"是基础。是的，一个老师，如果连自己的学生都瞧不起，就没资格做老师，也无法在学校安身立命。怎么做呢？简单来说，就是陶行知的那八个字："学高为师，身正为范。"

　　同时，咱们做老师的还要做到，做一个瞧得起每一名学生的老师。大千世界，茫茫人海，万千学子，各不相同。随着社会发展，咱们的学生在很多很多方面已超越我们太多，即使有的方面暂时不如我们，我们当老师的也不必沾沾自喜、扬扬得意；即使是面对着目前不太理想的个别同学，咱们也要深深地知道"尺有所短，寸有所长"。总之，咱们当老师的要善于用心观察每一名学生，用智慧发现每一名学生的优势和强项，用爱瞧得起每一名学生，让每一名同学都昂首挺胸、阳光健康地奔向前方。

今日思悟　_____

今日践行　_____

11月3日

今日正能量微演讲307:

把"我们的课"上成孩子喜欢的样子

学校厕所窗台的角落里放着两个卫生球,就这么呆呆地缩在一角,微微地散发着它们自身的气息,难得懒懒地看它们一眼。今天,再上厕所时,窗台上的卫生球不见了,见到的是用粉红色小袋子装着的卫生球,感觉竟有了一些品质和诗意,忍不住多看了几眼。

由此,想到我们当老师的,要努力把我们的课上成孩子喜欢的样子,要尽最大可能地激发孩子的兴趣,要充分调动起孩子浓烈的好奇心和强烈的求知欲,进而积极主动地去探索、去认知、去学习。

今日思悟 _____

_____

_____

_____

今日践行 _____

_____

_____

_____

11月4日

今日正能量微演讲308：

"教育质量是尊敬出来的"

教育部部长陈宝生说："一定要认识到，教育质量是尊敬出来的，不是谁抓出来的，就是说成才自尊师始，你想成才就从尊敬老师开始，你想国安就从重视教育起步。"

我们经常说，在学校里要让每一个学生抬起自信的头颅。只有抬起自信头颅的老师，才有可能能教出抬起自信头颅的学生；只有健康幸福、身心愉悦的教师，才有可能引领学生健康快乐茁壮地成长。让我们尊敬每一名教师，尊重每一名同学，尊敬每一个人。

今日思悟 _____

_____

_____

_____

今日践行 _____

_____

_____

_____

11月5日

今日正能量微演讲 309：

教师就是一个发光体

前段时间《中国青年报》以"'网红'教师董桂菊：教师站在讲台上，就是一个发光体"为题报道东北农业大学电气与信息学院教师董桂菊。董老师每次批改作业，都会给学生写评语，"很养眼，很享受，忍不住为你打 call""很好，你努力认真的样子很迷人，希望每一次都能带来令人愉悦的节奏""作业略显狂躁，很明显与本人的气质不符"……董老师说："作业本，实际上是老师与学生之间相互'表白'的一个窗口。老师通过学生的作业来看自己的教学效果，学生通过评语来更好地自我定位。""我觉得教师就是一面镜子，一个发光体，不只是传授知识，更重要的是在潜移默化中教给学生一些人生经验。"

教师就是一个发光体，每个老师都可以利用小小的作业本，利用一次简短的谈话，利用一次目光的对视……利用一切机会，给你的学生带去阳光，带去欢笑，带去鼓励，带去成长的动力和养分。

今日思悟 _____

_____

今日践行 _____

_____

_____

11月6日

今日正能量微演讲 310：

"要让别人因为你们的存在而感到幸福"

全国语文优秀教师李镇西老师退休了。退休前他回到最初工作过的学校，给当年的学生和学生的孩子们上了最后一节课，他嘱咐"要让别人因为你们的存在而感到幸福"。

"要让别人因为你们的存在而感到幸福。"这是李老师的人生境界，我们要真诚地向李老师致敬，虚心地向李老师学习。

作为一名老师，在教育教学中，是否因为咱们给人家当老师而得到了更好的发展，实现了更大的梦想呢？

今日思悟 _____

_____

_____

_____

今日践行 _____

_____

_____

_____

_____

11月7日

今日正能量微演讲 311:

"借光"

微信朋友圈有一张图片,图片内容是一盏灯、几句话。

请常常保持着你心里的光,

因为你不知道,

谁会借着这光走出黑暗。

这几句话对我们应该有比较大的启发吧。做一个自带光芒的人,做一个给人力量的人,做一个激励他人不断前进的人,因为你的光芒、你的力量、你的激励不一定在什么时候,在什么地方,他人就会因"借"你的"光"而不断前进和成长。

我们要脚踏实地,勤学善问,积累更多高质量的"光",努力做好那个可以"借光"给他人的人。

今日思悟 _____

_____

_____

今日践行 _____

_____

_____

11月8日

今日正能量微演讲 312：

愿所有的相遇都是成全

大千世界，茫茫人海中，我们能够与每一名同学相遇，那都是难得的机遇和缘分。我们要好好珍惜我们的缘分，把这缘分发挥到极致。

我们坚信：因为这相遇，我们每个人都更加阳光、健康、积极、向上；因为这相遇，我们每个人都得到了更好的发展；因为这相遇，我们每一个人都变得更加真诚、善良、博爱；因为这相遇，我们每个人都成长为更好的自己；因为这相遇，我们都成就了自己最美的风景……

让我们感恩所有的相遇，并且都从心底深处让所有的相遇都是成全：成全自己，成全他人；成就自己，成就他人。

今日思悟 _____

_____

_____

_____

今日践行 _____

_____

_____

_____

11月9日

今日正能量微演讲313：

当老师的小幸福

时间已经比较晚了，两名外校的男同学在图书办公楼一楼厕所附近逡巡，看到我，有些小小的振奋，其中一名同学说："老师，您有卫生纸吗？"

我说："去我办公室里拿吧。"

另一名同学仔细打量了一下我，满眼疑惑又有些兴奋地说："您是'时大爷'？！"

我说："是啊！你俩是哪所学校的？"

他们说："章丘一中的。"

我疑惑着问："今年我没有去你们学校演讲，怎么还认得'时大爷'呢？"

他们说："老师给我们放您演讲的视频了。'大爷'讲得真好，有料、有趣，还接地气……"

他俩拿了卫生纸，愉快地走了。我当老师的小小幸福感又增添了一些。

让我们时时感受做一名老师的幸福，更加坚定、自信地做一名同学们心目中的好老师。

今日思悟 _____

_____

今日践行 _____

_____

11 月 10 日

今日正能量微演讲 314：

"教室里的火"

《第 56 号教室的奇迹》的作者雷夫·艾斯奎斯在他的自序《教室里的火》中，只用了六幅图和一句话：如果我能如此投入地教学，甚至连头发着火了都没有注意到，那么，我前进的方向就是正确的！

让我们每一个老师，以雷夫老师那种执着忘我的精神，努力去做好教室里的那把"火"，去引燃每一个学生，去照亮每一个生命，让每一个学生因我们给他们当老师，而更加健康快乐地成长。

今日思悟 _____

_____

_____

_____

今日践行 _____

_____

_____

_____

_____

11月11日

今日正能量微演讲315：

同学是宝

"同学是宝"是我二十多年来给学生的演讲"学会合作，铸就共赢人生"中正确处理同学关系时的主题词之一。

演讲的目的在于，引导同学正确认识和处理人际关系，以"平等、尊重、赏识、理解、沟通"的原则来正确处理人际关系，打造健康和谐的学习、生活氛围，促进同学健康茁壮成长。

演讲中"同学是宝"的主题词也被大部分同学理解和赞同，虽然不排除由于自身性格、成长经历、家庭背景、个人爱好等诸多因素的影响，有些同学之间的关系达不到"同学是宝"的境界和层面。但是，只要我们以"平等、尊重、赏识、理解、沟通"为正确处理同学关系的原则，以"同学是宝"为基本理念和追求，就应该能够处理好同学之间的关系，促进同学们健康快乐地成长。

今日思悟 _____

_____

_____

今日践行 _____

_____

_____

11 月 12 日

今日正能量微演讲 316：

正确处理人际关系

进入新学校，开始新生活，会面临非常多的事情，其中，正确处理同学之间的关系显得非常重要。

处理好人际关系，要坚持四个原则，做到四个"学会"。

人际关系的四个原则：真诚原则，主动原则，交互原则，平等原则。

要正确处理人际关系，我们还必须做到四个"学会"：学会尊重、学会赏识、学会沟通、学会微笑。学会尊重要求我们尊重自己、尊重他人，学会赏识要求我们赏识自己、赏识他人，学会沟通要求我们与自己沟通、与他人沟通，学会微笑要求我们对自己微笑、对他人微笑。

今日思悟

_____

_____

_____

_____

今日践行

_____

_____

_____

_____

11 月 13 日

今日正能量微演讲 317：

己所欲也，勿施于人

孔子有一句名言"己所不欲，勿施于人"，语出自《论语·颜渊》篇和《论语·卫灵公》篇。

它的意思是"自己不愿意要的，不要强加于别人"，可进一步引申为"自己不愿承受的事也不要强加在别人身上"。

"己所不欲，勿施于人"讲清楚了正确处理人与人之间关系的原则。但是，在当今时代"己所欲"，也最好"勿施于人"。因为你的"欲"非别人的"欲"，还是让人家根据自己的实际情况，自主选择为好。

今日思悟 _____

_____

_____

_____

今日践行 _____

_____

_____

_____

_____

11月14日

今日正能量微演讲 318：

让别人因为你而高看他们自己

忘记是从哪里读到的这句话了——"活在这个世上，你的目标不是让别人高看你，而是让别人因为你而高看他们自己。"感觉这句话真好。

咱们当老师的，当家长的，包括当领导的……尤其是在面对着不太自信、暂时懦弱的人，而恰恰他们在工作、生活又遇到一些困难的时候，如果因为我们的鼓励、加油、助威，而使咱们的学生、咱们的孩子、咱们的同事更加自信、更加阳光、更加充满力量，无论对于自己还是他人，无论是工作还是生活，都会是更加有益的吧。

敬请记得让别人因为你而高看他们自己，让别人因为你而使得他自己更加自信、更加充满力量！

今日思悟 _____

_____

_____

今日践行 _____

_____

_____

11月15日

今日正能量微演讲 319：

"在乎"你的每一个学生和家长

学校开展"坚持以人民为中心的发展思想"教育活动。我认为学校坚持以人民为中心，就是坚持以全体师生和家长为中心，全心全意为师生和家长服务，而具体到每一名教师，就是为咱们的每一个学生和家长服务，在具体言行上"在乎"咱们的每一个学生和家长。

有一个小故事，说海水涨潮时，有许多小鱼被海水冲上了海岸，退潮时，许多小鱼便留在了岸上。这时，一个小孩，捡起一条小鱼扔进了大海，又捡起一条扔进了大海。人们不禁疑惑地问："孩子，这么多的鱼，你扔得过来吗？又有什么用呢？谁在乎？"孩子捡起一条小鱼扔向了大海，边扔边说"这条在乎"，又捡起了一条说"这条也在乎"，说着扔向了大海的更远处……

咱们当老师的，由于时间、精力、学识、境界、机遇等诸多因素，不可能影响到每一个人。但是，我们却可以像扔鱼的孩子那样，在乎咱们班上的每一个学生和家长，因为咱们的学生和家长真的非常"在乎"你对他的"在乎"，而他们也会因你的在乎而更加健康茁壮地成长。

今日思悟 _____

_____

今日践行 _____

_____

11月16日

今日正能量微演讲 320:

谨言慎行

听北京师范大学校长董奇校长做报告，他引用了美国著名教育心理学家海姆·吉诺特博士的一段话来强调教师工作的重要性："在经历了若干年的教师工作之后，我得到一个令人惶恐的结论，教学的成功和失败，我是决定性因素。我个人采用的方法和每天的情绪是造成学习气氛和情景的主因。身为教师，我具有极大的力量，能够让孩子们活得愉快或悲惨。我可以是制造痛苦的工具，也可能是启发灵感的媒介，我能让人丢脸，也能叫人开心；能伤人，也能救人。无论在任何情况下，一场危机之恶化或解除，儿童是否受到感化，全部决定在我。"

现在再次读到这段话，给我的感觉仍然是震惊，我们当老师的要警醒。

我们作为一名老师，要更加清醒地认识到我们的言行确实是在影响着孩子们的前途和命运。从这个角度来讲，我们要更加注意跟同学们交流沟通的语言、语气、神态、动作、表情等，努力做到谨言慎行。

今日思悟 _____

_____

_____

今日践行 _____

_____

_____

11 月 17 日

今日正能量微演讲 321：

如何培养学生的阳光心态

教学中如何培养学生的阳光心态？

所谓阳光心态，我个人理解，应该是指一切正向积极、健康向上的心态；应该包括面对困难和挫折时的坚守心态——百折不挠、永不放弃，也应该包括面对成功时的淡然心态——戒骄戒躁、拒绝诱惑、乘胜前进，应该包括一切正向的信心、恒心等。

那在教学中如何培养学生的阳光心态呢？

做老师的首先把自己活成一束光，方能用自己的光去照亮学生。

在自己的课堂上，唤醒、引领、激励学生，让学生自己成为那束光。每一个老师在每一个课堂上，给每一个学生多一些鼓励，多一些竖起的大拇指，多一些微笑，多一些呐喊和助威，多一些因材施教。

今日思悟 _____

_____

今日践行 _____

_____

_____

11月18日

今日正能量微演讲 322：

唤醒、引领、激励的前提是什么

在跟老师们交流"做自己和学生生命中的贵人"时，聊到了一个话题，我们作为学生成长中的重要他人，要成为学生成长中的贵人，要担负起唤醒、引领、激励同学们不断前进、茁壮成长的重任。但并不是说，咱给学生当老师，学生就会自然而然地被我们所唤醒、引领、激励，这需要我们跟同学们建立一种良好的师生关系，我们必须得到学生的认可。只有在这种情况下，唤醒、引领、激励才能真正发生，否则，即使是表面上的服从和温顺，也掩盖不了学生内心深处的"我不愿意被你唤醒、引领、激励"的事实。

我们尊重每一个学生，关爱每一个学生，平等公正地对待每一个学生。总之，师生之间建立起一种互相信赖、互相关爱的关系，"亲其师，信其道"，这个时候，同学们才可能感觉"嗯呢，我们这个老师挺好，我愿意接受他的唤醒、引领、激励"。在这种良好的师生关系的前提下，我们老师自身也会感觉我们不仅有资格，并且有能力唤醒、引领、激励同学们积极向上、茁壮成长。

今日思悟 _____

_____

_____

今日践行 _____

_____

_____

11 月 19 日

今日正能量微演讲 323：

积极的暗示

科学家认为："人是唯一能接受暗示的动物。"

积极的暗示——积极的自我暗示和他人的暗示，会对人的情绪和生理状态产生良好影响，激发人的内在潜能，发挥人的超常水平，使人进取，催人奋进，而消极的暗示，则反之。

这就需要我们用欣赏的眼光去温暖每一名学生，给学生以积极的暗示，让学生真切地感受到你的积极暗示，以此激励每一名同学满怀欣喜、饱含期待地去朝着梦想前进。

今日思悟 _____

_____

_____

_____

今日践行 _____

_____

_____

_____

_____

11月20日

今日正能量微演讲324：

师生谈话记录表

当年，我当班主任的时候，经常跟学生聊天（现在的班主任老师，跟学生关系更密切，更是随时关注着学生），努力争取对学生情况了解得更全面、更准确，以更好地帮助、指导学生，实现教学相长，师生共同进步。

通过聊天要达到的目标，我后来概括为四个方面：生活上关心，学习上帮助，方法上指导，精神上鼓励。

再后来，我经常以学生的口吻跟自己和其他老师说："老师，你的一句关切的话语、一个激励的眼神，都是我进步的动力，它甚至可能改变我一生的命运。"

我们确实要用心、用力、用智踏踏实实地努力做好本职工作啊！

今日思悟 _____

_____

_____

_____

今日践行 _____

_____

_____

_____

11 月 21 日

今日正能量微演讲 325：

不想让不优秀的牛伤心（1）

某杂志登载了一篇文章，题目叫"不想让不优秀的牛伤心"，讲的是一个老农和牛的故事——

老农有两头牛在耕地。一旁的人好奇地问："老人家，您这两头牛，哪一头更棒一些呢？"老农看了一眼问话的人，没有回答。直到牛耕完地，到一旁吃草去了，老农这才附在问话的人的耳边，低声说："告诉你吧，那头黄颜色的牛更好一些。"看到老农神神秘秘的样子，问话者不解地追问道："您干吗刚才不告诉我？又干吗用这么小的声音告诉我？"老农回头看了看那两头牛，又低声说道："牛虽然是畜类，但是它们和我们人类是一样的。我要是大声地说这头牛不好那头牛好，它们能从我的眼神、手势和声音里，感受到我的评论。那头虽然已经尽了力但仍然不够优秀的牛，心里会难过的，我可不想让它伤心。"

"不想让不优秀的牛伤心"，对我们当老师和家长的又有怎样的启发呢？

今日思悟 _____

_____

_____

今日践行 _____

_____

_____

11月22日

今日正能量微演讲 326：

不想让不优秀的牛伤心（2）

昨天，写了老农不想让不优秀的牛听到别人对它的评价而伤心的事，写到了我们当老师的，要发自心底地尊重每一名学生，平等地对待每一名学生，保护每一名学生的自尊心。但是，我们更要认真地思考，在"不让不优秀的牛伤心"的前提下，如何更好地促进每一名同学健康快乐、茁壮成长，促进不太优秀的牛变得"更加优秀"……

那具体如何去做呢？

在任何一个单位和集体中，每个人的智力、能力、基础、教育背景等各不相同，应该有一些"牛"在某一方面或者某几个方面确实不是特别优秀，有的甚至可能是一般或者较差，但是，如果仅仅是为了不让"牛"伤心，就不让"牛"听到、看到自己存在的问题，可能也有些自欺欺人、掩耳盗铃。也许比较正确的做法是帮助"这头牛"找到他的强势、优点、长处、闪光点，在这一点上实现突破，唤起信心，进而去挖掘潜力，实现其他方面进步和成长。

今日思悟 _____

_____

_____

今日践行 _____

_____

_____

11 月 23 日

今日正能量微演讲 327：

不想让不优秀的牛伤心（3）

走在校园里，跟学生聊天，就想到了这两天的"不想让不优秀的牛伤心"的问题，进而想到与其让"不想让不优秀的牛伤心"不如转变为"想让不优秀的牛优秀"。

无疑，"不想让不优秀的牛伤心"的老农，发自心底地尊重每一名学生、平等地对待每一名学生、保护每一名学生自尊心的老师，都是心地善良、富有爱心的，都是特别值得尊敬和爱戴的。

但是，总感觉作为一名老师，若是停留在"不想让不优秀的牛伤心"这个层面上，肯定是不到位的。因为，我们老师更重要的责任是促进学生的身心健康、茁壮成长。

如此看来，我们要跨越"不想让不优秀的牛伤心"这个层面，上升转变为"想让不优秀的牛优秀"。

今日思悟 ＿＿＿＿＿＿＿＿＿＿＿＿＿＿＿＿＿＿＿

＿＿＿＿＿＿＿＿＿＿＿＿＿＿＿＿＿＿＿＿＿＿＿＿＿

＿＿＿＿＿＿＿＿＿＿＿＿＿＿＿＿＿＿＿＿＿＿＿＿＿

今日践行 ＿＿＿＿＿＿＿＿＿＿＿＿＿＿＿＿＿＿＿

＿＿＿＿＿＿＿＿＿＿＿＿＿＿＿＿＿＿＿＿＿＿＿＿＿

＿＿＿＿＿＿＿＿＿＿＿＿＿＿＿＿＿＿＿＿＿＿＿＿＿

11 月 24 日

今日正能量微演讲 328：

做一个少给他人添麻烦的人

早上，到校，地下车库停车。

停好车后，我看到一辆已经停好的车又启动，重新调整了一下位置。车停好后，从车上下来的是一位教育界的长者。

我微笑着说："您停车讲究精益求精啊。"

长者面目和善，微笑着说，"我看到一开始停的位置跟旁边那车的距离有点近，他上车时会不太方便。我重新调整一下，他就方便了。我们要努力做一个少给他人添麻烦的人，是不？"

赠人玫瑰，手留余香；方便他人，娱悦自己。我们无论是在工作、生活、学习中，都要努力做一个少给他人添麻烦的人，这应该成为我们的处世原则之一，我们一定会因此而更加健康、快乐、幸福。

今日思悟 _____

_____

今日践行 _____

_____

_____

11月25日

今日正能量微演讲 329：

同学，有困难一定说出来

今天早上，高三大休后返校。在校门值班，督查同学们返校情况。

有一名女同学，在父亲的陪同下，带着行李到了大门口。女同学在门口停住，不再往里走了，眼里泛着泪花，极度委屈的模样……父亲也毫无办法，只能无助地在门口陪着女儿……

高三级部丁主任看到这一情况，马上奔到这对父女面前，进行了解、沟通、疏导……一会儿，女同学进了校门，父亲放心地回返。

紧张的学习生活中，同学们面临的各种压力越来越大，各种焦虑可能会使同学们有撑不住的感觉。敬请同学们记住那句再熟悉不过的话：有困难，找老师！有困难，一定要说出来，千万不要憋着！

今日思悟 _____

_____

_____

今日践行 _____

_____

_____

11月26日

今日正能量微演讲 330：

"我在期盼着你的鼓励"

　　在老师实际的教育教学中，肯定有许多同学，尤其是低年级的同学，都会期盼老师的认可和鼓励，期盼同学们的加油和喝彩。

　　我个人感觉，咱们当老师的——学生成长中的重要他人，最好是能积极主动地鼓励每一个学生，以促使他们健康茁壮地成长。

今日思悟

_____

_____

_____

_____

_____

今日践行

_____

_____

_____

_____

_____

11 月 27 日

今日正能量微演讲 331：

多与充满正能量的人在一起

"近朱者赤，近墨者黑。"多与充满正能量的人在一起，这样无论是困境、逆境，还是顺境，我们都会听到一些积极的鼓励、正确的建议，会感受到一种精神上的鼓舞、情感上的支持。这样，我们就会积极主动、充满阳光地直面生活和学习，就会满怀信心地去努力做好那个更加优秀的自己。

也要悄悄地、默默地自问，咱自己是那个充满正能量的人吗？是他人愿意——从心里愿意在一起的那个人吗？假如回答是肯定的，那就请保持好；假如回答不是那么肯定，那就请反思、请改正，进而努力做一个充满正能量的人。

今日思悟 _____

_____

_____

今日践行 _____

_____

_____

_____

11 月 28 日

今日正能量微演讲 332:

"好嘞"——您的回复给我微笑和力量

与一知名青年企业家、"全国巾帼建功标兵"交流，知道她们单位的党建工作做得非常突出，就想请教，征求她意见是否可以把她们单位的党史基地材料发给我学习。

收到的回复是"好嘞"，一会儿就收到了党史教育基地的设计稿。

一句简短的"好嘞"，给我以微笑和力量。

一会儿收到设计稿，给我以具体的指导。

我忽然感觉到，她之所以成为知名企业家，成为"全国巾帼建功标兵"，一定有诸多的成功因子，而从她回复这一细节就能够强烈地感受到两点，一是积极乐观的态度，"一个自带光芒的人"一定会激励自己，感召他人；二是雷厉风行的行动，"落实为天"。而这两个方面也应该是大部分成功人士的必备素质吧。

今日思悟 _____

_____

_____

今日践行 _____

_____

_____

11 月 29 日

今日正能量微演讲 333：

坚信他人的力量

读到美国心理学博士、领导力专家亨利·克劳德的《他人的力量》一书，忽然，就想到了过去讲课中经常用到的一个视频《死亡爬行》。

以往讲《死亡爬行》的时候，更多是从爬行队员的巨大潜能的角度来讲的：每个人都要努力挖掘自己的潜能，唤醒沉睡的巨大力量。

看着《他人的力量》的时候就想，我们能否深挖出我们的潜能，那个一直陪伴着我们，一直为我们呐喊、为我们助威、给我们鼓励的那个人，确确实实、实实在在是非常重要的。也因此，我们每一个家长、每一个老师都要做好咱们的孩子、咱们的学生成长中最重要的人，不仅仅要陪伴着他们成长，更要在陪伴过程中给他们以鼓励、助威、加油！

今日思悟
_____

_____

_____

_____

今日践行
_____

_____

_____

_____

11 月 30 日

今日正能量微演讲 334：

你的人际关系处于哪一层

亨利·克劳德在《他人的力量》一书中将人际关系分为四层。

第一层是孤立的状态。在此状态下，感受不到人际关系的作用，内心是非常寂寞的。

第二层是消耗能量的状态。这一层的人际关系，他们最擅长做的事情就是批评、命令等。这样的关系不仅不会让人成长，还可能把人推入堕落的深渊。

第三层叫温水煮青蛙状态。大家表面上和和气气，没有人指出你的缺点和错误。这种看上去好的关系最要命，等你反应过来的时候，你已经没有多余的力气反抗了。

第四层关系叫能量补给站。就是无论你处于什么状态，他始终在你的身后给你鼓励，也会在你得意忘形的时候给你一警醒。最重要的是这种关系他会给你关键性的建议，督促你不断成长。

默默地思考一下，自己的人际关系处于哪一层呢？我们又应该有怎样的取舍和行动呢？

今日思悟 _____

_____

今日践行 _____

_____

十二月

战胜挫折，成就别样精彩人生

12月1日

今日正能量微演讲335：

战胜挫折，创造精彩

每个人在生活、学习、成长过程中，都会遇到各种各样的困难和挫折，而面对困难和挫折时的不同态度，则决定和影响着整个人生。

在面对困难和挫折的时候，应当以积极阳光的心态来直面困难，正视挫折，进而去分析它、克服它、战胜它。

诗人艾青写过一首《礁石》：

一个浪，一个浪 / 无休止地扑过来 / 每一个浪都在它脚下 / 被打成碎沫，散开……/ 它的脸上和身上 / 像刀砍过的一样 / 但它依然站在那里 / 含着微笑，看着海洋……

让我们像礁石那样，直面困难，含着微笑，看着海洋。让我们战胜挫折，创造精彩。

今日思悟 _____

_____

_____

今日践行 _____

_____

_____

12月2日

今日正能量微演讲336：

面对顺境与逆境

人生当然会有顺境，也会有逆境。

晚清重臣、有"中国传统文化最后一座矗立的丰碑"之称，被毛泽东誉为"中国封建统治阶级最后一尊精神偶像"的曾国藩，当年考秀才的时候，考了七次才最终成功。

"顺境的美德是节制，逆境的美德是坚韧。"我们每一个人自我衡量一下，顺境中的节制和逆境中的坚韧这两种美德，我们更容易做到哪一种呢？我们又有着哪些欠缺？我们又要在哪些方面加强？思考之后，我们又应该坚持做好哪些，调整好哪些呢？曾国藩的例子会给我们很多的启发吧！

今日思悟 ＿＿＿＿＿＿＿＿＿＿＿＿＿＿＿＿＿＿＿＿＿＿

＿＿＿＿＿＿＿＿＿＿＿＿＿＿＿＿＿＿＿＿＿＿＿＿＿＿＿＿＿＿

＿＿＿＿＿＿＿＿＿＿＿＿＿＿＿＿＿＿＿＿＿＿＿＿＿＿＿＿＿＿

＿＿＿＿＿＿＿＿＿＿＿＿＿＿＿＿＿＿＿＿＿＿＿＿＿＿＿＿＿＿

今日践行 ＿＿＿＿＿＿＿＿＿＿＿＿＿＿＿＿＿＿＿＿＿＿

＿＿＿＿＿＿＿＿＿＿＿＿＿＿＿＿＿＿＿＿＿＿＿＿＿＿＿＿＿＿

＿＿＿＿＿＿＿＿＿＿＿＿＿＿＿＿＿＿＿＿＿＿＿＿＿＿＿＿＿＿

＿＿＿＿＿＿＿＿＿＿＿＿＿＿＿＿＿＿＿＿＿＿＿＿＿＿＿＿＿＿

12 月 3 日

今日正能量微演讲 337：

穿过黑暗的"隧道"

近日跟一青年学生聊天。应该说，他现在遇到了他这个年龄段的孩子无法独自承受的困难和问题，我便想起了曾经读过的《人类群星闪耀时》。

通过阅读，我们会发现，每一个伟大的人物，在成为星辰闪耀之前，都会有一段甚至是很长很长时间的黑暗的日子，而在这些日子里的态度决定着能否走出黑暗，穿越黑暗，迎来黎明。所以，面对着生命中不可或缺的黑暗"隧道"，也许最好的办法是接受黑暗、享受黑暗，以乐观的态度、踏实的精神朝着正确的方向自信、豪迈地前进。

今日思悟 _____

_____

_____

_____

今日践行 _____

_____

_____

_____

12月4日

今日正能量微演讲338：

智慧地应对和解决各种"烦"

与一位事业有成、家庭幸福的青年才俊交流，谈到如何处理学习、生活、工作中不时出现的各种"烦"时，感觉她的处理方式智慧、高效，让我受益匪浅。她说，在学习、工作、生活中，面对着一个又一个"烦"，甚至是各种挫折、困难，如果我们被各种"烦"烦住了，甚至是"气急败坏"了，那我们真的是太愚蠢了。我们首先要及时调整好我们的心态，然后做出积极的行动，努力地促使自己的身体和心情积极快乐一点点，解决好当下的问题。然后，我们用更高远的甚至是高瞻远瞩的目光去发现"烦"背后的希望，用从容淡定的心态耐得住"困难"带来的寂寞，用越挫越勇的韧劲经得起"挫折"的打击，这样，我们就一定能够解决"烦"，战胜挫折和困难，不停地走向幸福成功的人生，去成就属于我们每一个人的别样精彩的人生。

你的学习、生活、工作中出现过各种"烦"吗？你又是如何处理的呢？我们又应该如何去直面接下来的学习、生活、工作中的各种"烦"呢？

今日思悟　_____

_____

_____

今日践行　_____

_____

_____

12月5日

今日正能量微演讲339：

得学之乐 耐学之苦

陶行知说："必使学生得学之乐，耐学之苦，才是正轨。若一任学生趋乐避苦，这是哄骗小孩子的糖果子，绝不是造就人才教育的教育。"

很多时候，"得学之乐"容易做到，因为有兴趣，因为取得成绩，所以比较容易做到"得学之乐"。相对于"得学之乐"，"耐学之苦"应该更难做到，因为人大都倾向于趋"乐"避"苦"。吃苦、耐苦——克服各种困难，方能成就自己。

作为老师，我们要激励学生得学之乐、耐学之苦；作为学生，我们更要激励自己努力做好。

今日思悟 _____

_____

_____

今日践行 _____

_____

_____

_____

12月6日

今日正能量微演讲340：

冲破乌云

早上，到教学楼里走走看看，被一个又一个微笑阳光、青春飞扬的年轻生命深深感动，其中一个教室外墙的文化墙上写着：

天赐我一双翅膀，

就该展翅翱翔，

满天乌云又能怎样，

穿越过就是阳光！

我看着这文化墙，感受着文字给予我的力量，满怀羡慕地跟自己说：青春正好，青春真好。

福楼拜说："人的一生中，最光辉的一天，不是功成名就的那一天，而是从悲叹和绝望中奋起、勇往直前的那一天。"

青春的翅膀是用来飞行的，让我们有足够的勇气和力量去穿越乌云，迎接阳光，拥抱辉煌。

今日思悟

今日践行

12 月 7 日

今日正能量微演讲 341：

坚持到底，永不放弃

爱迪生说，我们最大的弱点在于放弃，成功的必然之路就是不断重来。

19 世纪英国生物学家赫胥黎说："耐性和对目标的坚持的价值比聪明的砝码重两倍多。"我们且不论耐性和对目标的坚持的价值比聪明的砝码到底是重两倍多还是更多，但是，毋庸置疑的是，人的成长发展过程中耐性和对目标的坚持要比聪明本身更加重要。

事实上，我们每个人都可以成功，都可以创造幸福成功的人生，都可以成就自己别样精彩的人生，只要我们持之以恒、坚持到底、永不放弃。当然，也要注意，千万不能钻牛角尖。

今日思悟 _____

_____

_____

今日践行 _____

_____

_____

_____

12月8日

今日正能量微演讲342：

积极和消极

人的一生会碰到很多困难和问题，面对这些困难和问题，有两种截然不同的态度：积极和消极。

积极的态度包括正确地分析问题产生的原因，找到解决问题的方法，用实际行动来解决问题。

消极的态度包括错误归因、主观生气、情绪发泄等。消极态度的底线是不能伤人害己，伤人害己是不可取的。

面对困难和问题，我们最好的态度应该是直面问题，积极处理问题。

今日思悟 _____

_____

_____

_____

今日践行 _____

_____

_____

_____

12月9日

今日正能量微演讲 343：

用青春热血传承"一二·九运动"的爱国主义精神

1935年12月9日，寒风凛冽，滴水成冰。北平学生数千人举行了抗日救国示威游行，反对华北自治，反抗日本帝国主义，掀起全国抗日救国新高潮。

"一二·九运动"公开揭露了日本帝国主义侵略中国、吞并华北的阴谋，打击了国民党政府的妥协投降政策，极大地促进了中国人民的觉醒。它配合了红军北上抗日，促进了国内和平和对日抗战。它标志着中国人民抗日民主运动的新高潮。

正如毛泽东所指出的，"一二·九运动"是"抗战动员的运动，是准备思想和干部的运动，是动员全民族的运动"，"有着重大的历史意义"。

在实现中华民族伟大复兴征程中的今天，"一二·九运动"凝聚的爱国主义精神依旧光芒闪耀，激励着当代青年沿着中国特色社会主义道路前进，让我们用热血传承爱国主义精神，用行动去践行新时期的爱国主义。

今日思悟 _____

_____

_____

今日践行 _____

_____

_____

12月10日

今日正能量微演讲344：

直面挫折　绝不抱怨

我跟一青年才俊交流，他讲他的创业故事，讲到他的几条处事原则，其一为直面挫折，绝不抱怨。

抱怨，意味着心中不满，意味着责怪别人，意味着会由抱怨而生气，意味着最终会破坏情绪、浪费时间、加剧矛盾……

绝不抱怨的好处是平静地接受现实，积极找寻处理问题的办法。因为没有抱怨，节约了时间，自然提高了效率；因为不抱怨——心情是平静，便不会责怪他人，更不会带来情绪上的激烈冲突，也不会加剧与他人的矛盾；因为心情是平静的，也就便于更加理性、精准地分析问题，更加有利于问题的解决。

在学习、生活、工作中，做到绝不抱怨一定很难，但正因其难，才更显其价值和意义。

让直面挫折、绝不抱怨成为我们的处事原则和习惯，我们一定会因此而更加健康、更加阳光、更加成功！

今日思悟 _____

_____

今日践行 _____

_____

12 月 11 日

今日正能量微演讲 345：

可以试着去大笑

近读《正能量》一书，作者的主要观点是"行动会改变情绪"，因此，要更多地采取阳光健康、积极正向的行动。

书中讲到一个案例：1995 年，马登·卡特里亚医生得知笑对人体健康有益，于是决定尽量让人更多地欢笑起来，以提升他们的内在能量。卡特里亚想出了一个有趣的办法，一开始是互相之间讲笑话，以让人们大笑，促进情绪好转；再以后是直接大笑；再后来他们成立了欢笑俱乐部。

我们在面对生活中的一个又一个困难时，不妨试着去大笑，也许大笑之后，会有比较好的效果呢！

今日思悟 _____

_____

_____

_____

今日践行 _____

_____

_____

_____

12 月 12 日

今日正能量微演讲 346：

时刻保持清醒

跟一青年才俊聊天，为青年的学识、修养以及卓越的成就深深地感动，禁不住真诚地赞美起来。青年表达了感谢，我又追问道："您取得如此优异的成绩，又为什么能如此低调、一点都不张扬呢？"

青年说："我也曾经骄傲、不知天高地厚过，这时候，父亲对我说过一段话，我一直记着。他说，孩子，随着你的优秀、你的成长，你会听到很多的表扬、鼓励，会听到很多溢美之词，这时候，就更加需要你戒骄戒躁，时刻保持清醒头脑，切记不可得意忘形！

"从那时起，我就牢记父亲的话，尽全力让自己时刻保持清醒。"

今日思悟 _____

_____

_____

今日践行 _____

_____

_____

12 月 13 日

今日正能量微演讲 347：

铭记历史

今天是南京大屠杀死难者国家公祭日。

南京大屠杀死难者国家公祭日是中国政府设立的纪念日，以国家公祭的方式，祭奠在南京大屠杀中遇难的三十多万同胞以及所有在日本帝国主义侵华战争期间惨遭日本侵略者杀戮的所有死难同胞。

2014 年 12 月 13 日，党和国家领导人出席首个国家公祭日。习近平总书记在公祭日上讲道，南京大屠杀惨案铁证如山、不容篡改。为南京大屠杀死难者举行公祭仪式，是要唤起每一个善良的人们对和平的向往和坚守，而不是要延续仇恨。中国人民要庄严昭告国际社会：今天的中国，是世界和平的坚决倡导者和有力捍卫者，中国人民将坚定不移维护人类和平与发展的崇高事业，愿同各国人民真诚团结起来，为建设一个持久和平、共同繁荣的世界而携手努力。

今日思悟 _____

_____

_____

今日践行 _____

_____

_____

12月14日

今日正能量微演讲348：

一万小时的"精深练习"

美国畅销书作家丹尼尔·科伊尔的《一万小时天才理论》与格拉德维尔的《异类》两书中有一个共同的观点：任何领域的成功都至少需要一万个小时的精深练习。

仔细算算，按照每天工作八小时计算，一万个小时，大约要四年的时间，按照每天工作四小时，除去周末各种假期等，大约需要十年的时间。即便真的如此，我们大多数工作几十年的人，也确确实实并没有在各自的工作岗位上取得令自己满意和感觉成功的成绩。那到底是什么原因呢？我们投入的时间，完全超过一万个小时啊！

回头再仔细读原文：……至少需要一万个小时的精深练习。也许最关键的地方在于一万个小时的"精深练习"，而不是一万个小时的随便和敷衍……

一万个小时——"十年磨一剑"的精深练习、深入思考、总结反思、整改落实……从现在起，从今天起，悟定一个目标，持之以恒地坚持做一万个小时的"精深练习"——十年磨一剑，磨他个金光闪闪，灿烂辉煌。

今日思悟 _____

_____

今日践行 _____

_____

12 月 15 日

今日正能量微演讲 349：

陪自己大干一场又一场

　　有的同学感觉，一进入高中，军训确实疲累。而军训结束，进入文化课学习后会感到科目众多，时间紧迫……甚至有时候是实实在在感觉时间不够，焦头烂额，疲于应付，狼狈不堪……

　　如果确实出现这种情况，从个人的角度来说，一是最好能利用某一个合适的时间，及时预习一下老师讲课的内容；二是上课的时候确实做到认真听讲，及时解决预习和课上存在的问题；三是努力培养自己的习惯，提高时间利用率和准确率等。当然，学校也会嘱咐老师们尽可能合理地布置各科作业。但是，请同学们相信自己，一定要有足够的信心和勇气战胜困难和挫折。M.斯科特·派克在《少有人走的路》一书中说："多数人认为勇气就是不害怕。现在让我来告诉你，不害怕不是勇气，它是某种脑损伤。勇气是尽管你感觉害怕，但仍能迎难而上；尽管你感觉痛苦，但仍能直接面对。"让我们面对困难和挫折，让我们拿出信心和勇气直面困难，"陪自己大干一场又一场"，战胜困难，去夺取胜利！

今日思悟 ＿＿＿＿＿＿＿＿＿＿＿＿＿＿＿＿＿＿＿＿＿＿

＿＿＿＿＿＿＿＿＿＿＿＿＿＿＿＿＿＿＿＿＿＿＿＿＿＿＿＿

今日践行 ＿＿＿＿＿＿＿＿＿＿＿＿＿＿＿＿＿＿＿＿＿＿

＿＿＿＿＿＿＿＿＿＿＿＿＿＿＿＿＿＿＿＿＿＿＿＿＿＿＿＿

12 月 16 日

今日正能量微演讲 350：

天赋与努力

我个人认为：天赋是上天赋予的我们在某一方面的最理想化的境界和高度，而我们努力的程度决定着我们能否达到那一境界和高度。在方向正确的前提下，随着我们努力程度的加大，我们会无限接近上天赋予我们的境界和高度。

那就让我们坚持不懈、持之以恒地去努力、去拼搏、去奋斗，去无限地接近天赋给予我们的那高度和境界吧！

今日思悟 _____

_____

_____

_____

今日践行 _____

_____

_____

_____

_____

12 月 17 日

今日正能量微演讲 351：

人生十字箴言

到目前为止，我总结的人生箴言就十个字，"悟、拼、恒、精"和"唤醒、引导、激励"。

"悟、拼、恒、精"是从个人主观能动性方面来讲的。一个人要取得成功、做出成就、获得幸福，就要努力做到"悟、拼、恒、精"。我在 2015 年写成了《成就你的别样风景——悟、拼、恒、精走人生》，初步形成了系统的悟、拼、恒、精成功理论。

"唤醒、引导、激励"是从我倡导的"师者，所以唤醒、引导、激励也"简化而来，是从我们每个人对他人的影响的角度来说的。我们每一个人都会对他人产生这样那样的影响，尤其是家长、老师、领导等对他人的影响更是深远。因此，我们要努力"唤醒、引导、激励"他人——我们所能够影响到的每一个人——阳光、健康、茁壮成长。

我将遵守并践行人生十字箴言，努力做到"悟、拼、恒、精"，去成就自己最美的风景；努力做到"唤醒、引导、激励"，去成长为他人生命中的"贵人"。

我的人生十字箴言，是否给你带来了那么一点点的启发、思考、行动呢？

今日思悟 _____

_____

今日践行 _____

_____

12月18日

今日正能量微演讲 352：

成绩背后的泪水、汗水、血水

第十八届世界中学生运动会田径选拔赛暨 2019 全国中学生田径锦标赛上，章丘四中代表队参赛队员科学参赛、顽强拼搏，取得历史性突破，获全国学校团体总分第十四名，团体总分位居山东省五十多所参赛高中学校首位。

成绩的背后是教练员、运动员们日复一日地刻苦训练，是一个单调动作的无限次重复，是无尽的汗水和泪水，是强大的意志力和耐挫力……

任何成功，都是足够汗水、泪水乃至血水的累积。

今日思悟 _____

_____

_____

_____

今日践行 _____

_____

_____

_____

12月19日

今日正能量微演讲 353：

不抱怨，去改变

迈克尔·布隆伯格（Michael Bloomberg），1942年2月14日出生于美国马萨诸塞州波士顿，是彭博有限合伙企业和彭博慈善基金会创始人、联合国气候行动特使，三度出任纽约市长。

他是送奶工的儿子，出身贫寒，父亲早逝，他靠着打工赚来的每周3.5美元，读完了大学；他拼命工作，好不容易熬出头，成为证券公司合伙人，他却在三十九岁时被扫地出门，一无所有。

面对人生中的困难，他始终记得母亲教他的一句话："尽你最大努力做你能做的事，然后继续做下一件事。"不抱怨，去改变，正是积极阳光健康的人生态度，促使他直面人生困难，战胜困难，创造人生辉煌。

今日思悟 _____

_____

_____

_____

今日践行 _____

_____

_____

_____

12 月 20 日

今日正能量微演讲 354：

学会积极有效地解压

《自控力》一书告诉我们：感到压力特别大或者心情特别不好的时候，很多人会试图通过吃或者购物释放自己的消极情绪。

然而，这种行为真的能缓解压力吗？

美国心理学会做过关于压力的全国性调查，发现最常用的缓解压力的方法，恰恰是使用者觉得最没有效果的，比如吃甜食、购物等，"这些解压方法的唯一效果，就是带来更大的罪恶感"。

那么，究竟哪些活动，能增加大脑中改善情绪的化学物质呢？

作者列了一个清单：

1. 锻炼身体、体育活动；2. 读书；3. 听音乐；4. 花时间和家人朋友在一起；5. 按摩；6. 外出散步；7. 冥想或做瑜伽；8. 培养其他有创造性的爱好。

每个人的解压方式各不相同，你的解压方式是怎样的呢？让我们学会用适合自己的正确积极健康的方式解压，让我们每一个人都拥有阳光明媚、快乐健康、蓬勃向上、积极美好的每一天。

今日思悟 _____

_____

今日践行 _____

_____

12月21日

今日正能量微演讲 355：

"服输不是我的性格"

"服输不是我的性格"，说这句话的是一位在读博士。

跟他聊天，他聊到他当年读中学时不愿意上学。进入高中之后，班主任老师因为他的一个小小举动，在班上表扬了他，他一下子唤醒了自己。"服输不是我的性格"，他性格中的坚忍、顽强推动着他扎扎实实、一步一个脚印地前进着。到高考的时候，他已经是班里成绩优秀的同学之一，自此后，本科硕士一路走来，直到今天的博士在读。

最后，他眼含泪水总结说："服输不是我的性格。"人要学会坚忍，即使是在最不堪的时候，也要保持坚强和自信，但是，这对于十几岁的孩子来说太难了，他们的心智和自信心还没有强大到能足以保护自己的程度，最好是老师和家长能帮他们一把……

今日思悟 _____

_____

_____

今日践行 _____

_____

_____

12 月 22 日

今日正能量微演讲 356：

"飘风不终朝，骤雨不终日"

在一次演讲中，白岩松讲到了《道德经》中的几句话。

《道德经》第二十三章有一句"飘风不终朝，骤雨不终日"，意思是说不管多大的风都不可能一直刮下去，不管多猛的雨也终有停止的时候。

这句话给我们的启示是：当你遭遇人生中的不顺利、不如意，甚至沉重打击时，你要相信困难、挫败和人生低谷终将过去。

他又特别强调，尤其对于成长中的年轻人，有两个最大的敌人：一是突如其来的赞赏和表扬，一是时常会有的打击和不顺。这两道关都要过，过不去就很难前行。表扬来得太早，毁人也毁得够狠，他周围有一些人就是如此倒下的，根基不稳，空中楼阁，坚持不住。

今日思悟 _____

_____

_____

_____

今日践行 _____

_____

_____

_____

12 月 23 日

今日正能量微演讲 357：

做最难的事

假期听讲座，有人问专家是如何成为所从事领域的最厉害的人的，专家的观点是——做最难的事。

面对最难的事，人们的态度各不相同。很多人一碰到困难就退缩了，而我们去做了，很显然，我们会成为更厉害的人。

做最难的事，到最后也会存在着有些事做成了，有些没做成的情况，但是，只要我们坚持把难事做下去，我们就会克服一个又一个困难，而这就会使我们的能力不断提升——慢慢地——我们就会成为所从事领域的最厉害的人。

做最难的事，还有一个好处，在生活、学习中再碰到难事的时候，就感觉不那么难了，就有了心理上的优势、战胜困难的信心和解决困难的经验，甚至更有些许的兴奋和即将解决问题的期盼与幸福。

"做难事是最有效的耕耘。"生活不能总是一潭死水，生活需要波澜，没有波澜营造波澜，没有挑战要设计挑战。我们是不是也应该积极主动把自己逼上墙角，去做更多更大的难事？

今日思悟 _____

今日践行 _____

_____

12 月 24 日

今日正能量微演讲 358：

"打不开，不放锤"

　　跟一著名餐饮品牌创始人聊天，他讲了他小时候的一个故事，我感觉受益匪浅：小学五年级的时候，他跟着大人打石头（把大石头敲碎）。小小少年，瘦弱的身体，稚嫩的小手，抡起锤头一下一下不停地敲击大石头，手总是被震得生疼。有时候，感觉大石头太坚硬了，简直就是难以敲开，他渐渐地心烦、生气，赌气不敲了。大人走过来，"再敲几下试试"，随着又是几十锤的敲击，大石头竟然被敲开了……他悟出了他人生中一直践行的道理："打不开，不放锤。"

　　"打不开，不放锤"展现的是一种自我加压的责任与担当，是一种坚持到底的顽强毅力与拼搏，更是一种积极阳光的人生态度与智慧……

　　"打不开，不放锤"，让我们在各自的学习、工作、生活中"不放锤"，直至打开石头。只要"不放锤"，我们就一定能够"获得全胜，取得成功"……

　　今日思悟 _____

_____

_____

　　今日践行 _____

_____

_____

12月25日

今日正能量微演讲 359：

成功之路有两条：靠自己的努力或靠他人的愚蠢

　　法国作家、哲学家和道德家、《品格论》的作者拉布吕耶尔说，成功之路有两条，靠自己的努力或靠他人的愚蠢。

　　现在看，这观点也许有一定的片面性，但是，成功从最根本意义上来讲，一定离不开自己的努力和恰当的机遇与合作。现代社会，成功更需要他人的帮助、团队的合作。

　　靠他人的愚蠢来证明自己的那一点点成功是没有意义的，但是观点的意义和价值在于对我们棒喝般的提醒：莫用自己的愚蠢来帮助别人取得浅层次的成功，要用自己的智慧去助人成功。尤其是同学居家学习的今天，千万不要因为自己的愚蠢和懒惰给自己留下遗憾，而要用自己的勤奋和努力促使自己走向成功。

今日思悟 _____

_____

今日践行 _____

_____

_____

12 月 26 日

今日正能量微演讲 360：

缅怀伟人，奋勇前行

12 月 26 日，每一年——1893 年以后的每一年，因一个人，这个再平常不过的日子，变得不再寻常。2021 年 12 月 26 日，是毛泽东诞辰一百二十八周年纪念日。让我们缅怀中华伟人，建设美好未来。

让我们感受伟人风采——磅礴气势，人民情怀：

"一切反动派都是纸老虎。"

"星星之火，可以燎原。"

"下定决心，不怕牺牲，排除万难，去争取胜利。"

"数风流人物，还看今朝。"

"全心全意为人民服务。"

在今天，我们缅怀伟人的最好方式，就是努力做好自己的工作，让伟大的祖国，因我们虽然微小但切实的行动而更加美好。

今日思悟 _____

_____

_____

今日践行 _____

_____

_____

12月27日

今日正能量微演讲 361：

五个成才秘诀

前武汉大学校长刘道玉在一篇文章中提出：什么样的孩子才能成大器？

他说，经验表明，能否成才，基本上不决定于名校、名师，不决定于学历和学位之高低，不决定于是否出国留学，不决定于学习条件之优劣，也不决定于家庭是否富有。一个人是否能够成才，只能取决于自己。具体地说，取决于自己的志趣、理想和执着的精神。

1. 酷爱读书，立学以读书为本。

2. 善于自学，这是成才的关键。

3. 超强的记忆力，是成才的基础。

4. 文理兼修，以博取胜。

5. 悟性是学习的最高境界，是开启智慧的根本途径。

作为一名老师，我们可以借鉴刘老的经验，促使自己和学生更好地成人成才。

今日思悟 _____

_____

_____

今日践行 _____

_____

_____

12月28日

今日正能量微演讲 362：

高尚的灵魂

据科学研究，一个成年人所包含的全部物质如下：十加仑（加仑，容积单位，折合成水大约四十升）的水，可以做七块肥皂的脂肪，可以做九千支铅笔的碳，可做两千根火柴的磷，可以打两支钉子的铁，能够刷一个鸡窝的石灰，少量的镁和硫黄。如此看来，随便一堆东西，就比人拥有的物质多。

那我们强大的人又在哪里呢？也许在这些物质之外的强大的精气神里、在那高尚的灵魂里吧。

我们又应该如何去强大我们的精气神，如何去铸就我们高尚的灵魂呢？

今日思悟 _____

_____

_____

_____

今日践行 _____

_____

_____

_____

12 月 29 日

今日正能量微演讲 363：

境　界

"花盆里长不出参天大树""小池塘里养不出蛟龙"，这样的哲理俗语有很多，讲的是胸怀、境界。

需要我们思考的是，只要我们所追求的梦想是成长为参天大树，成长为翻海蛟龙，那就需要我们跳出小花盆，走向原野；跳出小池塘，走向大海。当我们的眼光、境界不再是眼前的小花盆、小池塘，而是原野、大海的时候，诗和远方一定就在那不远的前方……

青年朋友们，努力提升我们的境界吧，让我们朝着诗和远方前进。

今日思悟 _____

_____

_____

_____

今日践行 _____

_____

_____

_____

12月30日

今日正能量微演讲364:

对美好生活的向往

小时候，天天盼望着过年，一进腊月，更是一天一天地幸福而又焦急地扳着小手数着。

盼望着过年时，父亲拿出的一挂小鞭、带回家的几斤猪肉；盼望着，一年见不了几次的纯白面的、热气腾腾的水饺；盼望着初一早上，母亲给我穿上的那身新衣裳；盼望着走亲戚时，七大姑八大姨给我的"几毛钱大钞"压岁钱；盼望着来家里串门的乡邻，望着墙上的奖状对我的夸赞……其实，那些盼，就是"对美好生活的向往"啊。因为有期盼，那时的我是幸福快乐的，现在回忆起来是更加幸福的。而面对新时代现在的"年"，如今的孩子们又有哪些期盼呢？

今日思悟 _____

_____

_____

今日践行 _____

_____

_____

12 月 31 日

今日正能量微演讲 365：

岁末盘点

　　年终岁尾是盘点的时候，盘点过去一年乃至以前所有日子的得失，盘点过去一年乃至以前所有日子的进步与成长、经验与教训……

　　静下心来，慢慢盘点，这一年，我们到底做了哪些？除了人人都客观做到的"在岁月的年轮上又多了一圈"之外，我们在身心的健康成长上、人生境界的提升上是否有了相应的进步和成长呢？若我们的回答是肯定的，那就给自己一个大大的赞，热烈祝贺自己一年来的努力进步与成长；若答案是模糊不清的，那就再翻开这一年的日志，认真分析总结一下；若答案是否定的，那就挥手告别过去的一年，昂首迈入崭新的下一年，去制订新的计划，在崭新的一年里争取新的进步。

　　当然，在慢慢盘点中，最后凝结为一个词：感恩。工作中，感恩领导的指导、同事的帮助、学生的激励、社会各界的支持；生活中，感恩亲人的关心、朋友的包容……

　　让我们不忘初心，心怀感恩，给即将过去的这一年画上一个圆满的句号，给新的一年一个崭新的开始。

今日思悟 _____

今日践行 _____

跋

我永远是一名光荣的革命军人——从军于昆明军区政治部宣传文化处。我是一个特别简单的人，也一直喜欢特别简单的人。

我的内心深处有一个识人标准——这人要宽厚、善良，而且能够较为长久地，且将继续更长久地坚持做一件事，并且在不断地、不停地提升自己的做事的水平，使所做的事情越来越好，那这个宽厚、善良的人也就是一个有毅力，能够取得优异成绩的人。

时亮老师正是这样一个人——他对革命军人心怀无限崇敬，他自身——简单、宽厚、善良、有毅力。

我与时亮老师相识、相熟、相知于全国大学生演讲大赛的赛场上。大赛的评委都是来自全国各地的知名演讲家，而来自中学一线的时亮老师，无论是平时接触还是赛场上的表现，都是那样的宽厚、平和、有力量。我默默地从心里喜欢起这个青年人，并于 2008 年 3 月，为他写下了"演讲是真理的呐喊、时代的强音、心灵的共鸣、人格的展现"，与他共勉。

这么多年来，时亮老师一直以一位演讲家的责任与担当，一名基层教师的良知与情怀，一个追梦者的理想与实践，积极对广大的大、中、小学生进行"四史"教育，进行理想、信念、奋斗、挫折、合作、感恩、创新等励志演讲一千余场，促进百万青少年心怀梦想，健康成长，为党成人，为国成才。

从 2016 年起，一个偶然的原因，时亮老师开始通过"微信"，每天发一条正能量。从那时起，到今天，已经是一千八百多天，五年多了。

每一条微信，大都是每天的所见所闻、所思所想，五年下来，竟然，有四十多万字了。

今天，时亮老师从这一千八百多篇，四十多万字的材料中，认真梳理、修改为我们手头上这本《向着光明的那方生长——一名中学党委书记为党育人为国育才的 365 篇微演讲》。

作为一名重点中学的党委副书记，时亮老师负责学校的德育、学校文化建设等工作，每一项工作都是他在教育教学中"为党育人，为国育才""培养担当民族复兴大任的时代新人"的具体实践。

他在学校倡议建立青少年党史教育活动基地，唤醒同学们"扣好人生第一粒扣子"，激励同学们"为党成人，为国成才"，引领同学们努力成为"担当民族复兴大任的时代新人"。

他精心打造"时亮演讲"，全程陪伴学生成长。"得天下英才而教育之"是孟子的三大乐事之一。而时亮老师最大的乐事之一就是通过给学生们演讲，全程陪伴学生们健康成长。从高一新生入学军训场上《梦想起飞的地方——拉拉咱四中》的开讲，到高一《梦想引领未来》《引爆青春活力，点燃生命激情》《赢在假期》；到高二《直面困难 成就人生》《同学是宝——正确处理同学关系，铸就共赢人生》《学会感恩，真爱叩击心扉》；到高三《点亮心灵明灯，微笑面对高考》《文火慢炖，熬制辉煌》；到高考后的《漫谈自主招生面试》，到再送同学一程的《规划大学生涯》。有的专题讲得多一些，有的专题讲得少一些，但是，那种虽断断续续却又全程陪伴学生成长的幸福感、自豪感总是那么真实饱满地呈现在时亮老师的脸上。

时亮老师的《向着光明的那方生长——一名中学党委书记为党育人为国育才的365篇微演讲》是微演讲的结集。每一篇微演讲，都根据时间进程、重大节日等精心准备素材、潜心研究、精工录制、精细完成。有些篇目像春雨润物无声，浸润师生心田；有些篇目像暴雨气势磅礴，棒喝师生不雅行为；有些篇目像春日暖阳，给师生以平和坚定前行的力量；有些篇目像冬日里的红梅，给师生以直面困难，战胜挫折的傲雪精神的鼓舞……总之，365篇，篇篇都在唤醒、引领、激励着他自己、师生和每一位读者向着光明的那方生长。

让我们每一个人都来读一读这本书，让我们每一个人都向着光明的那方生长——我坚定而执着地期盼着。

蔡朝东

2021年6月8日

后　记

到今天，这本书得以顺利出版了。

按常理，顺利出版了我的又一本书，我应该是满怀欣喜和激动的。准确地讲，我的心情确实是欣喜和激动的，却也有两个问题一直在我的心头萦绕：这是一本怎样的书？这本书能起到怎样的作用？

从文字内容上来讲，这本书更像是一本随笔集，就是每天的所见所闻所想所感所悟；从表达形式上来看，是一本微演讲集，用微演讲的形式，使"躺在纸上的文字站起来走向听众"；从设计版式上来看，又像是一本日志集，记录着自己的思悟、践行，记录着自己的日常生活、点滴成长……

这本书能起到的作用，大约最简单的回答就是两个字——加油！

首先，它给谁加油？这本书可以做到——给自己加油，给他人加油，给单位加油，给集体加油，给国家和民族加油……

其次，它加什么样的"油"？当自己和他人遇到困难时，加"战胜困难，我能行"的信心油，让自己和同伴拾起信心，不断前进；当自己和他人取得点滴成绩，加"戒骄戒躁，更加卓越"的自省油，让自己和同伴不被点滴成绩迷惑，继续埋头前进；当自己和他人浑浑噩噩时，加"当头棒喝"的清凉油，让自己和他人感觉"醍醐灌顶""茅塞顿开""幡然醒悟"；当自己或他人的关系出现问题时，加"尊重他人、和谐共处"的润滑油；而所有这些，都是为了实现一个老师的"为党育人、为国育才"的教育梦想，都是为了"培养担负民族复兴大任的时代新人"，都是为了唤醒、引领、激励自己和读者朋友向着光明的那方生长……

著名演讲家蔡朝东老师在为本书所作的跋中写道："有些篇目像春雨润物无声，浸润师生心田；有些篇目像暴雨气势磅礴，棒喝师生不雅行为；有些篇目像春日暖阳，给师生以平和坚定前行的力量；有些篇目像冬日里的红梅，给师生以直面困难，战胜挫折的傲雪精神……总之，365篇——篇篇都在唤醒、引领、激励着他自己、师生和每一位读者向着光明的那方生长。"

像其他书的后记一样，接下来，我要虔诚地感谢此书形成过程中的每一位贵人：

感谢北京邮电大学教授、博士生导师、我在中央党校学习时的老师——中国"关爱成长行动党史教育计划活动"组委会中共党史教育办公室主任俞俊生先生在繁忙的工作之余，为本书作序。

感谢中国著名演讲家、以"理解万岁""民魂万岁""创业万岁""诚信万岁""科学万岁"等系列演讲轰动全国、影响了两代人的著名演讲家蔡朝东先生为本书作跋。

本书由山东省演讲学会荣誉出品。感谢山东省演讲学会的各位领导、专家、同仁。感谢山东省演讲学会武传涛会长在百忙中作序，并亲自关照本书出版的各项事宜，给予宏观的指导和微观具体的实际帮助。感谢山东省演讲学会梅庆玲老师、赵倩老师给予的指导和帮助。

感谢编审李正堂先生、感谢南海出版公司编辑为本书出版付出的心血和汗水。

感谢我的朋友仇建先生、孔祥飞先生、山东土秀才生物科技有限公司总经理赵钦刚先生、章丘区人民医院陈锋先生、济南佳诚进出口贸易有限公司董海英女士为此书的顺利出版所提供的帮助、支持。

感谢章丘融媒皇甫海螺先生为此书的顺利出版给予的指导和帮助。感激章丘融媒的孟雪瑾女士、闫隗女士、韩向群女士、宋楠先生、任明生先生、鹿智波先生，他们对微演讲的视频录制、修改完善、上传平台、制作二维码等做了大量的精细工作，耗费了大量的智力和体力，才使得微演讲以较好的形式展现在读者、听众、观众面前。

感谢我的学生们给予我的各种鼓励和支持，特别感谢感谢我的学生——山东茂嘉互通物联科技有限公司张松女士、山东省章丘鼓风机有限公司方树鹏先生为此书的出版所做的努力。

感激我的父亲、母亲、爱人和女儿，感激他们给我精神上的鼓励和支持。

……

《向着光明的那方生长——一名中学党委书记为党育人为国育才365篇微演讲》，愿你我共勉，共同激励，不断前进。更加真诚地祝愿我们每一个人都能够向着光明的那方生长，成长为更好的自己，为中华民族的伟大复兴作出自己更大的努力和贡献。加油！

时 亮

2021 年 10 月 13 日